비백飛白

오탁번 시집

문학세계사

갓난이한테 미음 먹이며
하늘에 빌고 또 비는
어머니.
생각만 해도 눈물이 난다.

비는 말씀 사이사이
한숨 소리를
정성껏 받아쓴다.
눈물로 간을 한 미음!

하염없이 하늘을 우러르니
세상 만물이 다 그윽하다.

2022. 봄. 오탁번.

ㅁ차례

1. 해동갑

2. 해름

3. 시인의 사랑

4. 휘뚜루

1

해동갑

소 두 마리의 울음소리

9대조 할아버지의 문집 『연초재유고燕超齋遺稿』에는
「의림지義林池」라는 글이 있는데
'지재현치북이우명 池在縣治北二牛鳴'이란 말이 나온다
현치의 북쪽
소 두 마리의 울음소리가 들릴만한 거리에
의림지가 있다는 뜻이다
일우명지一牛鳴地라는 말을 살짝 꼬아서
'소 두 마리의 울음소리'라고 한
할아버지의 솜씨가 천하일품이다
이우명二牛鳴이란 말을 처음 본 순간
나는 눈물이 핑 돌았다
말 하나하나 고르느라 노심초사 하신
연초재 할아버지!
할아버지는
제천 백배미에 살았는데
생전에 의림지를 자주 찾아 거닐며
주옥같은 글을 여러 편 남기셨다

유고에는 「진섭헌振囁軒」이라는 글도 있다
서쪽 산 중턱 별서別墅에서 본

의림지의 경치가 으뜸이었나 보다
'진섭'은 나막신을 턴다는 뜻으로
집을 지을 때 인부들이 신발에 흙을 묻혀 날라
담장에 발랐다는
명나라 왕원미王元美의 고사에 나오는 말이다
진섭헌에 오르면
반나마 보이는 의림지의 물낯이
미인 서시西施의 옆얼굴 같다고 했다
와! 우리 할아버지 멋쟁이!
미인을 그리는 풍류는
할아버지나 손자나 매한가지다
나도 오래전 두바이에 갔을 때
버슨금차할로 웅긋웅긋
끝없이 펼쳐진 사막을 처음 보고
와! 알몸의 미인들이다!
너무 놀라 소리친 적 있다

삼백년도 더 전
스물여덟에 돌아가신 할아버지!
소 두 마리 울음소리 더는 안 들리는

까마아득한 하늘에서
손자를 물끄러미 내려다보실
연초재 할아버지!
 - 하라버지 하라버지
   어린 손자 탁뼈니
   절 바드시압

*오상렴吳尙濂 (1680-1707). 호號 연초재燕超齋, 택남澤南. 자字 유청幼淸. 연초재
유고燕超齋遺稿는 1745년(영조 21년)에 생질 이익정李益炡이 금속활자본
5권2책으로 펴냈다. 약산藥山 오광운吳光運 (1689-1745)은 족숙族叔인 연초재
에 대하여 "약관에 문장가가 되어 제천에 사는 이의 이름이 서울에
까지 진동하여 한번 보기를 원했다" (약관위문장거제천명동경사원
견 弱冠爲文章居堤川名動京師願見)고 했다. 스승 송곡松谷 이서우李瑞雨(1633-1709)는
연초재의 문장이 최치원崔致遠과 이색李穡에 비견할 만하다고 평했다.

14

삼대三代

그끄러께 봄
애련리 뒷산 할아버지 산소와
무너미골 아버지 산소를
의림지 개나리공원 봉안묘로 모셨다
유해를 백자에 고이 담아
우람한 석물에 칸칸이 모셨다
이제 벌초할 걱정 없이
설날 추석날
조화 한 묶음 꽂아놓고
술잔 올리고 절하면 되었다
그런데 그게 아니었다
유해를 수습하고 나서
땅 속에 그대로 파묻은 묘비가
날이면 날마다
눈앞에 떠올랐다

올 입동 지나 소설 가까운
눈기운이 있는 날
비장한 마음으로
무너미골로 애련리 뒷산으로

포클레인과 일꾼을 데리고
옛 산소를 다시 찾아갔다
포클레인으로 흙을 파는 동안
나는 안절부절못했다
묘비가 두 동강 났으면 어찌 하나
살살! 조심조심!
일꾼에게 몇번이나 말했다
상돌은 모서리가 좀 깨졌지만
오오, 하늘이 도우시사
묘비는 괜찮았다

다음날 한치 마을 뒷산자락에
묘비를 정성스레 모셨다
가운데에 상돌을 놓고
양쪽으로 묘비를 세웠다
왼쪽에 할아버지와 할머니
동복오공연긍지묘 同福吳公然兢之墓
유인전주이씨부좌 孺人全州李氏祔左
오른쪽에 아버지와 어머니
동복오공재경지묘 同福吳公在瓊之墓

유인광산김씨부좌 孺人光山金氏祔左

묘비 앞에 절하고 나서

하늘을 우러르니

세상만물이 다 그윽하였다

이름

어느 날 그냥 찾아온 손 하나이
내 이름이 본명이냐 뜬금없이 물어
방울 탁鐸! 울타리 번藩!
또박또박 글자 풀이를 해주었다
엄한 선비였던 할아버지가
내가 태어나기도 전에
손자 한 놈 더 있다고
내 이름 지어놓고 돌아가셨는데
1943년 한여름 초저녁에
정말 내가 태어났다고

서른 살에 4남1녀 막내로
날 낳으신 어머니는
영양실조로 젖이 말라
하루걸러 동냥젖으로
눈물로 간을 한 미음으로
막내를 살리려고
하늘에 빌고 또 빌었다
세 살 때는
아버지가 세상을 떠났으니

어머니 홀로 어찌 견디셨을까
우주 한가운데 버려진 나는
애총에나 던져질 목숨이었다

그런데, 명줄 안 끊기고
예까지 용히 왔다
그날 뜨악한 손이 가고 나자
괜히 마음이 싱숭생숭해져서
자전에서 내 이름 다시 찾아보았다
앗! 이게 뭐야?
방울 탁, 울타리 번 말고
어마한 뜻이 더 있다
독毒을 바른 창槍, 탁!
휘장揮帳이 있는 수레, 번!
깜짝 놀라 틀니 빠질 뻔했다
독 바른 창을 잡고
휘장을 친 수레를 탄다?

나는 곰곰 생각에 잠겨
혼잣말을 했다

- 탁뻐나
  니 가는 곧 어드메뇨?

보릿고개

방학리 외갓집에 가려면
안평장골 뒷개울을 건너
야트막한 고개를 하나 넘어야 했다
공동묘지가 있는 고개에는
허물어진 뫼가 많아
겁이 많은 나는
어머니의 손을 꼭 잡고 갔다
보리누름 아직도 먼데
들녘에 가물이 든 봄날이었다

궁뜰 건너 허리질러 서 있는
느티나무를 지나면
외갓집 지붕이 바로 보였다
눈매가 고운 외숙모는
내 머리를 말없이 쓰다듬고
외삼촌과 어머니는
근심어린 얼굴로
세상 이야기를 두런두런 나누었다

외갓집에서 준

쌀 한 자루를
머리에 인 어머니는
암말도 않고
고개를 넘고 뒷개울을 건넜다
종종걸음으로 어머니를 따라
우리 집으로 돌아오는 내내
노을이 지는
먼 천등산을 바라보았다

박달재

바깥평장골에서
박달재 고개턱까지는
긴 구렁과 짧은 구렁을 지나
한참을 더 올라가야 했다
박달재는
봄엔 진달래가 활짝 피고
여름엔 산딸기가 익어
동네 잔칫날
아이들에게 부치기 집어주던
할머니처럼 품이 컸다

박달재 고갯길을 오르려면
오르로 모정리를 끼고
외로 멀리
소리개 무너미골이 보였다
샘물이 퐁퐁 솟는 앞산 가까이
봉우리가 봉곳봉곳한
동그마한 붕알산에서
배고픈 아이들은
봄엔 진달래꽃 따먹고

여름엔 산딸기 따먹느라
입술은 다 버슨분홍이었다

셋째형이 나무하러 간 날이면
나는 학교에서 돌아와
토끼풀을 다 뜯고 나서
작은 지게 지고 박달재를 올라갔다
형의 나뭇짐을 덜어서 지고
집으로 오는 길이 힘겨웠지만
가쁜 숨 쉬며 한 걸음씩 내딛는
나는 착한 막내였다
천둥산 너머로 지는 해가
내 이마에 비쳤다

긴 구렁 짧은 구렁 여기저기
뻐꾸기가 게으르게 울고
낮잠 깬 부엉이가 날아올랐다
산비알 너덜겅으로
업구렁이가 미끄러지며 숨었다
우리 집 지붕에서 피어오르는

저녁연기가 보이면
나는 이냥 침이 고여
지게 진 발걸음이
자꾸자꾸 되똥거렸다

벌초

동네 노인 하나이
선산 벌초를 하고 내려오는데
여태 벌초도 안한
먼저 떠난 이웃의 무덤이 보인다
추석이 낼모레인데
아무리 바빠도 벌초를 안 하다니
고얀 녀석들 같으니!
혀를 끌끌 차면서
쓱쓱 낫질을 한다
살아생전에 논물 먼저 대려고
삿대질도 한 밉상이었지만
깎은머리가 된 무덤이
저녁놀 아래 정겹다

추석날에야 고향에 온 이웃 아들은
누가 벌초했는지 금방 안다
추석날 저녁에
휘영청 달이 떠오르자
곶감 한 상자와 술 한 병 들고
고맙다는 인사를 간다

그런데 인사 받는 노인의 말이
참 싱겁기도 하다
 - 내가 한 게 아녀
   지나던 꼴머슴이
   풀을 싹 깎은 거라

앞산 하늘에 토끼 한 마리
방아 찧다 배꼽 잡는다

일기예보

강원도 원주시와 접경한
충청북도 제천시 백운면
한치 마을
폐교된 분교 사택에서
나는 허구한 날 티브이나 보며 산다
아침 뉴스 끝머리에
행정구역별로 색깔이 다 다르게
일기예보 영상이 뜬다
강원도는 붉은색, 호우경보
충청북도는 분홍색, 호우주의보
인공위성을 탄 하느님이
한반도를 훤히 내려다보며
강우량을 정하는 것 같다
호우가 제천과 원주 경계선 따라가며
천둥 번개 요란하게 땅 따먹기 하냐?
이런 일기예보는 말짱 꽝이다
오늘 호우주의보라는데 비는커녕!

딱 맞는 일기예보 영상은 따로 있다
멀리 보이는 천등산 하늘이다

검은 구름이 사납게 몰려오고
돌테미 지나 쇠음달길
장금터 빠져나온 바람이
느티나무 흔들면서 세차게 불어오면
한치 마을에는 영락없이 비 쏟아진다
천등산 하늘이 족집게 일기예보다
아침마다 논꼬 보러 나가면서
손으로 이마 가리고
하늘을 보는 농부들이
A급 기상 캐스터다

해동갑

투 사이클 엔진 예초기 둘러메고
풀을 깎을 때면
알 밴 방아깨비와 느려터진 사마귀와
날랜 메뚜기가 떼로 죽는다
여름 한철 제초제를 안 뿌리고
내 깜냥대로 예초기를 쓰지만
한 시간도 안 돼 엔진을 끄고
물 마시며 숨을 돌린다
얼치기 내 꼴이 볼 만하다
풀을 가지런히 깎지 못하고
홍두깨생갈이 하는 꼴이다
한나절이면 할 일을
내 푼수로는 종일 해도 할까말까다

수건으로 땀을 훔치고
무거운 예초기를 다시 둘러멘다
내일부터 장마가 진다니
오늘은 해동갑해야지
별수 없다

어리보기

요즘 개맹이가 통 없다
이건지 저건지
긴가민가
기억도 추억도
기우뚱갸우뚱 한다

어제는
샤워하고 팬티 입는 걸
깜박했다
것도 모르고 반바지에
지퍼도 안 채우고
아침 내내
동네길 산책을 했다

이냥저냥
돋보기 없이 책 읽듯
세상만사 후르르 넘어간다
옴니암니
따지던 나
그렇게 눈처럼 사라졌다

술적심

혼자 아침을 먹는데
국어교사를 하는 옛 제자한테서
오랜만에 전화가 온다
술적심도 없이
쥐코밥상으로 아침 때운다며
엄살을 떠니까
어마나, 아침부터 술 생각나느냐며
호호 웃는다

지금 무슨 말을 하는 거야?
나는 마른입을 쩝쩝 다신다
술적심은 술이 아니라
숟가락을 적실 국이나 찌개 같은
국물 있는 음식이야!
또박또박 가르쳐 줬는데도
또, 어마나, 호호 웃는다

 - 이놈 넌 F다!

냄비

오늘 또 냄비를 태워먹었다
올해 벌써 세 개째다
달걀 삶느라고 가스불을 켜놓고
티브이 뉴스 보다가
깜빡했다
벌겋게 성낸 냄비를 맨손으로 잡다가
앗 뜨거! 내동댕이쳤다

후끈거리는 손가락에 간장을 바르는데
초등학교 2학년 외손녀 전화가 온다
냄비 하나 태워먹었다고 했더니
요놈 말대답이 야물다
 - 엥? 냄비를 태워서 먹어요?
   할아버지 진짜 짱이다 짱!

풍경 風磬

소한 바람 매섭고
눈기운 있는 날
적막을 밟으며 젊은 교사가 찾아왔다
난로 가에 앉아 차 마시면서
세상 이야기를 나누는 사이
 ─ 풍경소리가 아주 좋네요
그가 말했다

앗! 그 순간 너무 놀라
차를 쏟을 뻔 했다
나는 그예 귀 절벽이 되어
창밖 백송나무 가지에서
바람 불면 영롱하게 우는 풍경을
까맣게 잊고 있었던 것
풍경소리 전혀 못 들었으니
풍경이 더는 풍경이 아니었다

그를 배웅하고
백송나무 아래 서서
눈발 잔뜩 선 하늘을 못 삼아

외로 오르로 바삐 헤엄치는 붕어를
이냥 멀거니 바라보았다

네 이놈!

밤저녁 내내 홀로 앉아
난생처음 디지털 보청기를 귀에 꽂고
볼륨을 이리저리 조절하니까
창 흔드는 바람 소리가
아주 크게 잘 들린다
보청기 제때 잘 샀다는 생각에
얼른 티브이를 켰더니
어어, 정작 잘 들려야 할 말소리는
오르락내리락 알아듣지 못 하겠다
볼륨을 몇 번이나 조절해 보지만
바람 소리만 요란해서
뉴스도 자막으로 보는 게 외려 낫다

사람 말 들을 생각 아예 말고
그냥 바람소리나 들으면서
자연으로 돌아가라고?
꼭 ?처럼 생겨먹은 보청기
네 이놈!
날 보고 죽으라는 거야 뭐야

시집이 운다

파랑은 왼 쪽 귀
빨강은 오른 쪽 귀
앙증한 보청기를 끼고
시집을 펴서 읽으면
책장 넘길 때마다
고라니가 가랑잎 밟으며 달려가고
소낙비에 도토리가 막 떨어진다
바람 부는 휴양림 숲속
호젓한 산책길에 나선 것 같다

죽어서 종이가 된 나무가
천년의 잠을 깬다
시집이 운다
눈으로 읽는 시보다
귀로 듣는 나무의 울음소리가
더 시답다
멧갓에서 벌목하는 소리도
쩡쩡 웽웽 아주 잘 들린다

어영부영

새 천년이 되어
정년이 몇 해 앞으로 다가오니
만사가 다 귀찮았다
교수 해먹기도 시인 해먹기도
시들해진 어느 날
수염을 안 깎고 강의실에 들어갔다
늘 말끔하게 면도를 하던 나니까
 - 와!
이런 반응이 나오겠거니 했다
그런데 강의실은 조용했다
요놈들 봐라

숱진 머리 점점 빠지고
감는 것도 다 성가신 일이라
다음 주에는
아예 머리를 빡빡 밀어버렸다
거울 속에 나를 보니
대가리가 빤들빤들 볼 만했다
강의실에 들어가며 생각했다
이번엔 깜짝 놀라 자빠지겠지

그런데 학생들은 무반응
웃는 놈 하나 안 보였다

그해 학기말이 되어
나는 명예퇴직을 하기로 맘먹었다
내 연봉이면
젊은 교수 둘을 쓰지 않느냐
희떱게 말은 했지만
속내는 달랐다
머리 빡빡 밀어봐야
본숭만숭 웃지도 않는데
열 쳤다고 더 해?
에라, 다 때려치운다

그러나저러나
명예퇴직의 꿈도 못 이룬 나는
정년한 지 10년도 한참 지나
있으나마나 어영부영
살고는 있는데
그때 웃지도 놀라지도 않은

고 고얀 녀석들도
세상의 관심 밖으로 밀려날 날
이제 얼마 안 남았겠지
싸다 싸!

2

해름

비백 飛白

콩을 심으며 논길 가는
노인의 머리 위로
백로 두어 마리
하늘 자락 시치며 날아간다

깐깐오월
모내는 날
일손 놓은 노인의 발걸음
호젓하다

구구단

댓돌 위 코고무신
개잠자는 삽살개

어른들 발소리 듣고
쑥쑥 자라는
벼이삭

뛰는 메뚜기 위에
나는 잠자리

구구단 외우다가
또 까먹는 너,
혼난다!

봉양역

박달재 너머 봉양역에서
중앙선 기차를 타고
구학 신림역 지나
치악산 똬리굴을 빠져나오면
바람 부는 원주역이다
콧구멍이 까맣게 된
원주중학교 1학년이 내린다

내 마음엔 언제나
봉양역이 있다
소달구지나 보며 자란 나는
기차를 처음 보고 입을 딱 벌렸다
- 와! 크다!
석탄 연기 내뿜으며
무지무지하게 달려가는
기차가 무서웠다

종종이

원주역에서 기차를 타고
1963년 겨울
청량리역에 내렸다

안암동까지
추운 길을 걸어갔다
그 길이
내 생애의 비알이고 벼랑이라는 것을
까맣게 모른 채

내가 걸어온 길은
기승전결 엉망인 쓰다가 만 소설
낙서 같은 시

눈물이 앞을 가려
(상투적 수사가 이럴 땐 딱!)
더는 얘기 못 하겠다
······
종종이나 찍어야지

옛 말씀

섣달 그믐날
차 소리가 들릴 때마다
밖을 내다본다
손자 기다리는 할아버지는
곰방대를 물고 어정버정한다
뒷집 손자들은 벌써 왔는데
요놈은 왜 안 오시나

다저녁이 되어
아들네가 왔다
첫돌 지난 어린 손자는
할아버지가 안으려고 하자
도리질을 한다

저녁상은
손자 밥상이다
할아버지는 뒤로 물러난다
제 새끼 입에 밥 들어가는 것
마른 논에 물들어 가는 것
세상에서 제일 좋다마다!

옛 말씀 새삼 떠오르는
섣달 그믐
저녁상

버슨분홍

'버슨분홍'이
연분홍의 옛말이란다
옛 어른들이 노끈 꼬듯
은근슬쩍 만들어 낸 말
아른아른
눈썹이 간지럽네

떡 감는 아이년 훔쳐보는
동자승 망울처럼 연하기도 해라
늙은 선비 홀리는
은근짜 눈매처럼 야하기도 해라

버슨분홍 꽃잎 휘날리는데
봄날은
봄날은
그냥 가네

해름

지지난달 지용신인문학상 심사하며
응모작품 꼼꼼히 읽다가
'해름'이라는 묘한 말을 처음 보았네
다음 국어사전에서 검색해 보니
해거름의 준말이 해름이라네

우리말의 큰말 작은말 센말 여린말 준말을
내 딴에는 줄줄이 꿰고 있는 줄 알았는데
그래서 늘 속맘이 흐무뭇했는데
해름을 까맣게 몰랐다니, 나도 참!

밭 갈고 논매는 옛 어른들이
하루일 끝내고
지는 해 바라보며
무심코 던진 한 말씀!
나도 따라
해름, 하고 말하니까
해가 정말로
서산으로 꼴깍 지네

옥수수수염

해마다 텃밭에 옥수수를 심는다
천둥번개에 놀라 개꼬리가 피어나고
갸웃갸웃 옥수수가 고개를 들면
어린 옥수수수염이 아늘거린다
쇠꼴 싣고 오는
뙤약볕 달구지처럼
가뭄과 장마 지나면 한여름이 온다
드디어 여름방학!
귀여운 손자들이 오면
통통하니 여문 찰옥수수
하나하나 뚝뚝 따서
가마솥에 가득 넣는다
손자들과 평상에 앉아
오순도순 냠냠 먹으면
이 세상천지
부러울 게 하나도 없다

 - 이게 뭐예요?
옥수수수염을 보고
손자들이 뭐냐 물으면

나는야
우리말을 가르치는
행복한 국어 선생이 된다
 - 옥수수수염!
말하다가 좀 이상한 생각이 든다
개꼬리는 수꽃이고
옥수수수염은 암꽃인데
암술을 왜 수염이라고 할까
옛날 옛적 할아버지가
새참에 막걸리 한 사발 마시고
흰 수염 쓱 훔치면서
옥수수밭을 휘 둘러보다가
얼결에 옥수수수염이라 했을까

 - 옥수수거웃!
어린 손자들 앞에서
이런 말은 차마 못했지만
옥수수거웃이라는
예쁜 말을 생각해낸 나는 우쭐했다
그런데 손자들이 돌아가고 며칠 후

옛 책을 보다가 깜짝 놀랐다
훈몽자회訓蒙字會에
입거웃 수鬚 거웃 염髥!
이렇게 딱 나와 있다
그 순간
옥수수거웃은
꼴까닥 숨을 거두었다

혼잣말

수수밭 가에서 팔 휘저으며
새떼 쫓는 할아버지나
보행기 밀고 가다가
느티나무 그늘에 쉬는 할머니는
중얼중얼 혼잣말 잘도 하신다
그 말을 가만히 귀동냥해서 들으면
그게 바로 시다
그러나 문장으로 옮겨 적으려는 순간
는개처럼 흩어져 버린다

마른기침 사이로 쉬는 한숨에는
전 생애의 함성이 있고
캄캄한 우주를 무섭게 가로지르는
살별의 침묵도 있다
중얼중얼 혼잣말이여
아, 알짜 시여

얼굴

깨 볶지 말고
버섯 따지 말고
접때 거기 낼 해름
맨얼굴로 와
주근깨 검버섯
다 맛난!

ㅎㅎㅎ
얼굴은
얼이 숨은 굴이다
얼빠진 탁뼈나
거울에 네 얼굴 좀 봐봐
꿈 깨라

동창회

초복날
메두지기 느티나무 가든에서
초등학교 동창회를 했다

다들 개고기에 술을 마셨지만
입 짧은 나는
홀짝홀짝 강술 마시고 혼자 취했다
젓가락 두드리며
흘러간 노래 엉망으로 부르다가
강바람 부는 평상 위에서
그냥 뻗었다

서울 친구 몇이서
중복날 벌건 대낮에
오리역 근처 복집에서 만나
동창회를 했다

쓰잘머리 없는 수다 떨며
빨간 딱지 소주에 다들 취했다
헤어지기 섭섭하여

생맥주 500 또 500
분당선 타고 오다가
그냥 뻗었다

독후감

간밤에 잠이 안 와
「불씨」(1975)와 「맘마와 지지」(1976)를 읽었다
소설 독후감은 이렇다
- 무지 좋다!
누구 소설이냐고?
오탁번 소설!
젊은 날의 제 작품을 읽으면
얼굴이 모닥불 되는 게 마땅할 터!
문장도 구성도 엉망진창
의도도 주제도 갈팡질팡
읽다가 집어던진다는데
그런데 나는?

50년 전으로 돌아가
1970년대 나에게 팬레터 쓰고 싶다
볼 뽀뽀 해주고 싶다
아 나는 비정상의 극치다
내년 봄
동백아파트 가까이 세브란스가 문을 열면
신경정신과에 가서 뇌신경 MRI 꼭 찍어봐야겠다

그러고도 내 입에서
 - 무지 좋다!
이런 독후감이 또 나오면 어쩌나

어쩌긴 뭘 어째?
정신병동에 입원해야지 뭐!

벼랑

동창 문상 가는 날은
살아있는 동창들
얼굴 보러 가는 날
죽은 사람 이야기는
짧게 나누고
산 사람 이야기는
길게 나눈다

생애의 굽이마다
아찔한 클라이맥스와
뜻밖의 해피엔딩은 다 있다
구붓구붓한 어깨 흔들며
병하고 동무하는 이야기에
국밥이 식는 줄도 모른다

 – 송년회 때 꼭 만나자!
장례식장을 나오며 말은 하지만
연말이 되기 전에
너나 내가
문상을 받을지도 모르는데!

다들
생애의 벼랑에 서서
하나마나한 소리
잘도 하누나

살맛

개 같은 세상
정말 살맛이 난다
에르메스 개 밥그릇 150만원
프라다 개 가슴 줄 68만원
펜디 개 코트 54만원
에르메스 개 방석 225만원
프라다 개 우비 59만원
개 방석은 이미 동났고
나머지도 불티나게 팔린다나

나는 그제 제천 중앙시장에서
제천 화폐로
2천원 깎아서
쿠션 한 개를 1만 3천원에 샀다
나는 개만도 못한 놈이다
그런데도 살맛이 난다고?
아무렴
죽을맛 보다야 낫지
왜?

위리안치

입과 코를 숨긴
젊은이들 눈망울이
꽃샘에 피어나는
수선화 보듯
봄은 급하게 온다

오늘은
백신 맞으러 간다
다 산 다늙은이지만
추사가 수선화를 보듯
좀만 더 살아보자

그동안 너무 싸돌아다녔다
이젠 위리안치!
새싹 올라오는 마늘밭에서
어정버정하다 보면
다 궁금코 어여쁘다

제비

삼짇날 아침 제비가
처마를 한 바퀴 휙 돌고 날아가더니
열흘이 넘도록 다시 안 온다
제비가 제집을 버렸다

올봄 우리 마을에는
 - 충북고속철도 애련마을 통과 결사반대!
붉은 현수막이 하나 나붙었다
철도가 지나가면
사람집도 제비집도 다 날아간다는 걸
제비는 어떻게 알았을까

공청회에 참석하여
결사반대 결사반대 외치자고
마을 방송은 아침부터 목이 쉰다

니, 해라

콧구멍만한 원서헌 연못
찌는 까딱도 않는데
낚대는
잠자리의 잠자리다
붕어는 코빼기도
안 보인다

정자는
새똥과 거미줄 천지
정자에 앉아
수련을 보는
포인트 오브 뷰는
다 글렀다

전원생활?
니, 해라
난 보따리 싼다

3

시인의 사랑

춤사위

1974년 봄 갓 서른에
수도여사대 국문과 전임이 되어
먼빛으로 처음 본
무용과 교수 한영숙韓英淑 선생(1920-1989)!
무형문화재 승무의 예능보유자였던 한 선생은
나를 본체만체했다
좀 가녀린 몸매에
목화씨 같은 눈빛에는
내가 들어설 자리 아예 없고
오직 춤만 보였을 것이다

염불장단에 맞춰
꼼꼼한 팔놀림과 발디딤으로
장삼을 휘날리며
전삼후삼前三後三 대삼소삼大三小三
연풍대筵風擡 춤사위 따라
삼진삼퇴三進三退 되풀이하며
바람으로 폭풍으로 점점 빨라지다가
몰아치는 태풍의 눈에서
이윽고 합장하는 승무만이 보였을 것이다

자진타령으로 휘몰아치며
연꽃처럼 피어나는 승무는 정작 안 보고
지훈의 「승무」만 읽으면 다 되는 줄 알았던
나는 그때 눈뜬장님이었다
매란국죽梅蘭菊竹의 고즈넉한 숨결로
낙낙하게 솟구치는
한 선생의 승무를 끝내 못 본 나는
저승의 하늘 가
사무치는 춤사위 앞에 재배再拜한다

저승길 동무

1948년 3월 14일
대구 달성공원에 세워진
한국 최초의 시비!
대한민국 정부보다
먼저 우뚝 선 상화시비!
한국전쟁이 치열했던 때 출간된
목우 백기만의 『상화와 고월』(대구 청구출판사, 1951)!

목우는 또 경북 작고예술가 평전
『씨 뿌린 사람들』(대구 사조사. 1959)을 펴냈다
빙허 상화 고월 육사 일도를 비롯한
경북 출신 예술가들의 생애를
전지적 시점으로 조망하였다
총판은 대구 중앙로 문화서점이었다
빙허와 상화는
이승에 남긴 발자취 다 가뭇없다는 듯
저승길 동무 삼아
1943년 4월 25일 같은 날
숨을 거두었다

아아 대구는
한국현대문학의 척추였고 심장이었다

별 '아! 이어령'

동아일보 2022. 1. 4.
'파워인터뷰 - 이어령'을 읽는다
 - 포스트 코로나 시대,
   보리처럼 밟힌 마이너리티가 이끌 것
2022. 01. 04. 03 : 04에 입력한 기사다
지금은 4시 30분
많이 여위셨지만 형형한 눈빛은
겨울 아침 햇살 같다
추천해요! 좋아요!
하나하나 클릭을 한다
댓글 창을 보니 아직 아무 글도 없다
난생 처음 댓글을 쓴다
 - 구구절절 빛나는 말씀을
   두 손으로 받들어 읽었습니다

나는 지금 이어령을 보고 있다
허블 망원경도 못 찾은 별을
지금 보고 있다
나는 그 별을
'아! 이어령'이라고 명명한다

'아'는 아 소리낼 때 입술처럼
동그마니 작은 우주의 크기고
'!'는 별이 태어나는 순간의 섬광이다
별 '아! 이어령'은
수금지화목토 그 너머
까마득한 우주에서 태어나
광막한 어둠을 뚫고 달려와서
우리와 비로소 해후한다
1초의 10억분의 1
나노nano 초 1! 2! 3!의 속도로
불멸의 별이 된다

추억

어느 잡지에
'현대시동인' 회고담을 쓰면서
애면글면 참 애썼다
내가 동인에 든 것은
1968년 여름 17집부터였는데
나한테 있는 거라곤
동인지 딱 네 권
하도 옛일이라 기억이 가물가물

그래서 이 회고담은
정사正史가 아니고 야사野史이며
사기史記가 아니고 유사遺事라며
빠져나갈 핑계를 대고는
한술 더 떠,
또렷한 기억은 기억에 머물지만
희미한 기억은 추억이 된다!
했것다?

요즘 통 개맹이가 없지만
말 되는 말 얼떨결에 한 마디 했네

절명시

이승훈이 세상 떠났다는 소식에
세브란스 장례식장으로 한달음에 달려갔다
문상을 하고
박의상과 소주를 주거니 받거니 했다
애도의 방식은
언어가 아니고 침묵이다

검은 상복을 입은
미망인이 말했다
 ─ 그이가 숨 거둘 때
   '이제 알겠어!'라고 하더군요
('알겠어' 다음의 느낌표 !는
극적 효과를 위해 내가 찍은 거다
마지막 숨 쉬며 한 말이니까
'알겠어' 다음에는
종종이……를 찍어야 될 테지만)

승훈이 마지막 말
 ─ 이제 알겠어……

아아
비백飛白의 절명시絶命詩여

이수익

1962년 서울대 영어교육과 2학년 이수익은
신춘문예에 시를 응모해 놓고
겨울방학이 되어 고향으로 내려갔다
부산행 완행열차는 가다 쉬다 했다
1963년 1월 1일 아침
가판대에서 서울신문을 사보고는 깜짝 놀랐다
그의 시 「고별」이 당선된 게 아닌가
당선소감도 떡하니 나와 있었다
부산 사투리로 이수익은 소리쳤다
 - 우째 이런 일이?
부산 앞 바다에서 높은 파도가 쳤다

우리 시대의 시인 이수익은 이렇게 탄생했다
당선소감은 문화부 기자 박성룡 시인이
시 쓰듯 대신 썼다
응모할 때 주소를 서울 삼촌집으로 해놓고는
방학이 되자 고향으로 그냥 내려간
이수익!
아기집 태아가
제 태어날 날짜 모르듯

시인은
저도 모르게 태어나야 시인이다

노향림

새 시집『푸른 편지』를 받았네
이름이야
황진이 만큼 예쁘지만
어런더런한 시단을 거니는
수더분한 시인인가 했는데
아니네!
오늘까지
겨우 다섯 편을 읽었네
하루 한 편 씩!

좀은 느슨히
이냥저냥 시 쓰는가 했는데
아니네!
점자 짚어가듯
하나하나 곰곰이 읽으니까
그제야
팽팽한 씨와 날
다 잘 보이네

'손수건 한 장만 하게 뜬 회복실 창문'

'작은 창문을 돋보기처럼 매단 늙은 우체국'
요모조모 찬찬히
노향림의 시를 읽으면
어뜨무러차!
짊어진 소금가마처럼
눈물이 다 나네

윤석산

윤석산의 새 시집『햇살 기지개』를 읽는다
화성시 남양 어디쯤 전원주택에 산다니
여기 동백에서 그리 멀지도 않다
순한 소주 한 병에
산 오징어 한 마리 들고
(산에서 잡은 오징어?)
그냥 찾아갈까
1967년 그가 고등학생일 때
중앙일보 신춘문예에 동시 당선을 했고
나는 대학생으로 시 당선을 했으니
나와는 등단 동기!
전화가 없던 그때 그 시절
설레는 마음으로 찾아갈까

오래전 죽을 고비에서
아내의 콩팥을 이식 받고 살아난 그는
한가위 대추알처럼 늘 야물고
늦가을 무처럼 좀 슴슴하기도 하다
그런데 이상하게도 이번 시집에
아내에 대한 사랑의 시가 없다

(왜지? 고개를 갸우뚱하는 나)
시로 쓴 사랑은 다 가짜니까?
옳다마다! 그렇고 말고지!

 - 사랑은
   기록되지 않은 채 홀로 존재한다
   태초의 암흑마냥!
이 멋진 말을 내가 최초로 한다고
나는 생각하지만
아마 누가 진즉 다 말했을지도 모른다
카잔차키스나 마르케스 같은 잽싼 놈들이!
그나저나
찾아갈까 그냥 남양으로 찾아갈까
늙정이의 하루는
괜히 저문다

나태주

담낭과 간에 퍼진 나쁜 세포는
몇 차례 수술을 했지만 허사였다
마지막을 준비하라는 의사의 말에
가족들도 시인들도 두 손 다 들었다
오 하느님!
시인들이 모여 장례 준비를 했다
공주시 문화원 강당에
장례식장을 마련하고
조사는 누구
조시는 누구
시인의 대표시 낭송은 누구누구
미리 다 정해 놓고
시인이 숨 거두는 날을 꼽았다
2007년 봄여름의 일이다

그런데 시인은 기적같이 살아났다!
원래 기적은
상투적 비유에나 나오는
새빨간 거짓말인데
어떻게 이런 불가사의한 일이 일어났을까

너무너무 궁금한 시인들은
하느님에게 떼를 써서
하늘의 블랙박스를 열어보았다

  시인이 숨 거두기 0.1초 전
  저승으로 가는 돛단배가
  닻을 막 올리려는 찰나
  나루터 물녘에서
  아주 작은 풀꽃 하나가
  느닷없이 꽃망울을 팡 터뜨렸다
  벽력같은 소리에 놀라
  시인은 눈을 번쩍 떴다
  고요해진 우주에서
  시인의 숨소리만 크게 들렸다

용고뚜리

공초문학상을 받았다
상금 나누기 4500원
계산기를 두드려보니
에구머니!
담배 1111갑을 살 수 있는 돈이다
공초 선생이
고3 때부터 담배 피운
용고뚜리 나를 어찌 아시고!
하루에 한 갑씩
천 백 열 한 갑 다 피우려면
앞으로 3년은 더 살아야겠네
　- 왜 피냐건
　　웃지요
이렇게 헛소리나 하고 사나

시상식이 끝나고
수유리 공초 선생 묘소에 가서
담배 한 대 올리고
나도 피워 물었다
생전에 뵙지 못한 공초 선생과

맞담배를 피우고
묘소 앞에 놓인 큼직한 돌 재떨이에
꽁초를 버리고 돌아서는데
나 이것 참
괜히 눈시울이 젖네

시인의 사랑

경주 여고 교장 시절
평교사들은 수업 들어가고
교장실에 혼자 남은 시인은
 - 파도야 어쩌란 말이냐
 - 사랑하는 것은
   사랑을 받느니보다 행복하느니라
구구절절 사랑이 넘치는 연서를 썼다
어린 사동이 커피를 끓여주는
햇빛 잘 드는 교장실은
연서 쓰는 장소로는 최고였다
사동은 하루걸러 우체국으로 뛰어갔다

1967년 2월 청마 유치환이
불의의 사고로 세상을 떠났다
서울에서도 장례 버스가 출발하였다
장례식이 장엄하게 진행되는데
에꾸나!
하관을 하는 순간
소복을 한 처자 하나이 울며불며
무덤으로 막무가내 뛰어들었다

장례식을 마치고
버스가 서울로 돌아오는 길
버스 안은 내내 적막이 흘렀다
내가 죽으면
잘 죽었다 앓던 이 빠졌다 하겠지
다들 눈을 감고 생각에 잠겼다

누구보다도 청마를 잘 모신
고려대 영문과 김종길 교수의
설의법 레토릭에 의해서
그날 버스 안의 풍경이
얼마 후에 생생하게 되살아났다
 - 버스 안이 왜 그토록 조용했는지 아나?
아무도 대답을 못하자
교수가 뜸 들이지 않고 말했다
 - 배가 아파서!
달빛을 베는 검객의 한 말씀!

시인은
그렇게 사랑하는 거다

여느 시인들 죄다 부끄럽게 해놓고
그렇게 죽는 거다
연서를 5000통이나 쓸 수 있는
청마 같은 시인 어디 있으면
좀 나와 보시지 그래

바보 양띠

1943년 계미생癸未生 양띠들이
벌써 오래전 어느 술자리에서 만나
싱거운 말 나눈 적이 있다
 - 우리 양띠들 모임 하나 만들까?
 - '양들의 침묵'?
 - '양들의 수다'?
설왕설래 했지만
모임은 성사되지 않았다
지나고 나니 다 시시해졌다
그런데 80을 코앞에 둔 지난 세밑
혹한에 벌벌 떨다가
그때 그 말이 다따가 떠올랐다

2022년 눈부신 설날!
양띠들이 드디어 모였다
상석에는
하느님 친구가 된
임영조 마종하 이가림이 앉고
알로 양옆으로는
하느님 친구가 아직은 덜 된

문효치 박의상 신달자 오탁번 이기철이
검버섯 얼굴로 앉았다
 ─ 암양은 신달자 하나네
뿔이 가려운 숫양들이 운다
암양이 바로 대든다
 ─ 여왕으로 모시면 되잖아?

울명줄명 그놈이 그놈 같다
술잔이 돌고 돌아
술기운이 알딸딸해지자
양 한 마리가 주접을 떤다
 ─ 양들은 여름에는 서로 붙어 있고
   겨울에는 멀찌가니 떨어져 있는데
   왜 그런지 알아?
이냥저냥 듣는 시늉하지만
반나마도 알아듣지 못하고
말 좀 크게 하라며 여든댄다
아무렴, 세상일 사람일
다 몰라야 80이다

젤 볼품없는 양 한 마리가
저만 안다는 듯
삐쩍 마른 뿔을 흔든다
얼씨구!
 - 여름엔 옆엣놈이 시원해질까 봐
   서로 꼭 붙어 있고
   겨울엔 따뜻해질까 봐
   멀찌가니 떨어져 있는 거야!
   양은 순한 게 아니라
   바보 천치야 천치!
이럴 땐 박장대소해야 하는데
그냥 헛웃음만 짓는다
다들 분위기 파악이 젬병이다

시는 다 작파했는지
입도 뻥끗 안 한다
1943. 2022. 80. 80. 80……
하느님이 보내는 전파에 귀 간지럽지만
오라는 말씀인지 가라는 말씀인지
가늠도 못한다

- 오늘 밥값은 여왕이 내서!
숫양들이 암양을 뿔로 슬쩍 받는다
절씨구!
양들이 꾸물꾸물
눈보라 치는 세상으로
뿔뿔이 흩어진다

오누이

1991년 여름 인도 여행을 갔을 때
캘커타 자비의 집으로
테레사(1910-1997) 수녀님을 찾아 뵈었다
얼굴에 깊은 주름이 하도나 많아
송아지가 싸대놓은 메밀밭을 보는 듯
다 낡은 삼베 적삼 옷깃을 보는 듯
수녀님은 사람이 아니라 자연이었다
서양인 부부는 수녀님 손에
키스를 하며 눈물을 흘렸다
나는 수녀님과 악수를 하고 나서
지갑에서 100불을 꺼내 드렸다
나는 눈물이 나지 않았다

그로부터 30년이 흐른 2021년
안드레아 김대건(1821-1846) 신부님을
유네스코에서 세계기념인물로 모셨다는 뉴스가 뜬다
신부님은 올해 200살을 잡수셨는데도
갓을 쓴 초상화는 아깝게도 새파란 청년!
뉴스가 끝나
눈을 감고 곰곰 생각에 잠기니

아니 이게 뭔 일이냐
새남터에서 십자가의 길 Via Crucis을 따라
스물 다섯 살 나이로 하늘로 가신 신부님이
내가 뵌 테레사 수녀님과
노을이 지는 미리내 물녘에
띠앗 좋은 오누이처럼 서 있는 게 아닌가

아흔 살이나 차이 나는데 오누이라고?
하지만 하느님의 자녀들은
원래 터울이 많이 지는 것 아니겠나
미리내 물결에 물수제비 뜨면서
무심한 하느님 흉도 보는 오누이가
소곤소곤 나누는 말씀 귀동냥해 듣자니
에꾸나! 어쩜 좋노
와 이래 눈물이 막 나노

* 종교인으로서는 테레사 수녀에 이어 두 번째로 김대건 신부는
2021년 유네스코 '세계기념인물'로 선정되었다.

개꿈, 니콜로 파가니니

악마에게 영혼을 판 바이올리니스트
니콜로 파가니니 Niccolo Paganini(1782-1840)!
신들린 듯한 그의 연주를 듣다가
졸도하는 사람들이 부지기수였다
부두노동자의 아들로 태어나
다섯 살에 처음 바이올린을 켰고
열 다섯 살 때 작곡을 했다
열 일곱 살이 되자
신들린 바이올린 연주로
세상을 발칵 뒤집어
사람들을 미치게 만들었다
여차여차 세월이 흐르자
부와 명예와 사랑을 거머쥔 그는
악마에게 영혼과 육체를 팔아치웠다
방탕과 도박
사랑의 도피
매독 폐결핵 후두염 류머티즘 신경장애
쉰 여덟 살에 세상을 떠난 그는
신화가 되었다
악마가 손짓하는 은하수 너머

반짝반짝 빛나는 별이 되었다

파가니니의 책을 읽고 잠든 밤
꿈을 꾸었다
교보문고에 갔는데
지난봄에 낸 내 산문집 『두루마리』가
신간 코너에 수북이 쌓여 있었다
내 책을 읽던 수많은 사람들이
갑자기 졸도를 했다
그야말로, 떼 졸도!
앗!
놀라서 잠이 깼다
틀니가 입에서 떨어졌다

과일 바구니

밖에 나갔다가 돌아와 보니
누가 현관 앞에 과일 바구니 하나 놓고 갔네
망고와 오렌지와
자지감자처럼 생긴 보랏빛 과일
무슨 쪽지가 있나 하고
한참 찾아봐도 없네
그것 참!
불우이웃 돕는 어느 누가 놓고 갔나
현관에는 부재중 방문객을 위하여
내 핸드폰 번호도 붙여놨는데
문자 메시지 하나 안 오네
누군지 알아야
엊그제 나온 내 시집『알요강』도 줄 텐데!
저녁이 다 돼도 도무지 연락 안 오네
엣따, 과일이나 한번 맛 보슈!
툭 던져놓고 그냥 가버렸다?
허허, 그것 참
나는 불특정 다수
불쌍한 독거노인 아니거든?
나랑 한번

붙어보자는 거야 뭐야?

내가 누군고 허니
최치원만큼 시를 잘 썼다는
동복 오씨 연초재 할아버지의 9대손!
그 할아버지는 아들도 없이 돌아가셨지만
양자를 들여
간신히 족보를 이어왔으니
나한테 할아버지의 피가 몇 방울 섞였는지
많이 헷갈리기는 하지만
연초재 할아버지의 글재주 DNA가
은하수까지 날아가서
블랙홀에 빠졌다가 구사일생 떠올라
의림지 지나 천등산 박달재까지
광속으로 달려와서
내 볼기 찰싹 때리며
몽고반점 크게 하나 남겼것다?

내 족보는 여차여차 하니
과일 바구니 몰래 놓고 간

언년인지 언놈인지 모를 사람아
내가 막불겅이 늙정이인 줄 알아?
그대의 족보 좀 까보게나
누구 족보가 더 번드르르한 지
나랑 한번
맞짱 뜨자는 거야 뭐야?
에헴!

4

휘뚜루

두루뭉술

역사적 사실에 개칠하며
입맛대로 나대는 놈들이 많다
침략자가 누군지 두루뭉술하게
6.25도 얼버무린다
여순도 4.3도 좌냐 우냐
업어치기 메치기 일쑤다

그러면 그렇다면
임진왜란은 조일전쟁
병자호란은 조청전쟁
이래야 평화 지향이 되겠네?
 - 6.25는 남북전쟁
이래야 통일 지향이 되겠네?

나는야
겨울 피란길에서
죽다 살아나
백운초등학교 1학년 때
인민군이 남침한 6.25를
사무치게 배웠는데!

똥딴지

'맹호는 굶주려도 풀을 먹지 않나니'
지훈이 작사한 고려대 응원가 일절이다
학생 때는 이 노래 목 터져라 불렀다
그런데 문득 생각해보니
엥? 이상하다
호랑이는 육식동물인데 웬 풀?
순 엉터리 비유다!
큰 발견을 한 나는 우쭐해져서
동물학 전공 교수에게 희떱게 말했다
내 말을 들은 그는 대뜸 딴지를 건다
 - 인도 호랑이는 잡식이라 풀도 먹는다네

사람들 열에 예닐곱은
고려대와 연세대의 정기전을
'연고전'이라고 부른다
엥? 말도 안 된다
턱수염을 쓰다듬으며 내가 말했다
 - 가나다 순 몰라? '고연전'이라고 해야지!
내 말을 들은 사람들이 꼭 말싸움을 건다
 - 그럼 한일회담도 일한회담이라고?

'그날의 분화구 여기에 돌을 세운다'
고려대 캠퍼스 4.18 기념탑에 새겨진 말이다
1979년 가을 휴교령에 몰매 맞은 학생들은
개학이 되어도 데모할 엄두를 못 냈다
저항의 성지였던 캠퍼스는 정적만 감돌았다
학생 데모를 막으려는 시늉을 하면서도
교수들 속은 근질근질했다
앗! 기념탑 때문이다
분화구를 돌로 막았으니
정의의 불꽃이 솟구치지 못하는 것이다
4.18 기념탑 비문을 다시 써야 한다!
'그날의 분화구 그 옆에 돌을 세운다'
이래야 딱 맞다!

하뿔싸!
내 말을 비웃기라도 하듯
며칠 뒤에 대대적인 데모가 터져서
드디어 유신독재를 끝장냈다
오오, 똥딴지가 된 나의 수사법이여

무기징역

'그는 내실에서
 이조의 흰 장지문을 열고 나왔다'
1968년 지훈 선생이 별세한 해에 쓴
「춘설」의 한 구절이다
그해 봄눈이 춥게 내린 날
성북동 선생의 집을 처음 찾아갔을 때
장지문을 열고 나오시던
선생의 모습을 떠올리며 이렇게 썼다

1973년 낸 나의 첫 시집에도
'이조의 흰 장지문'이 그대로 나온다
'조선'을 '이조'라고 하면서도
부끄러운 줄 몰랐던 젊은 시인아
너를 불러내어 차꼬 채우고 싶다
2009년 활판시선집을 내면서야
'조선의 흰 장지문'이라고 바르게 고쳤지만
지은 죄는 소멸하지 않는다

식민사관의 바이러스가
영혼을 갉아먹는 줄 몰랐던

한심한 시인아
너, 무기징역 먹어도 싸다

여류시인

잡지에서 시를 청탁하면서
작품 말미에다
출생연도와 출생지를 쓰라고 한다
나는 고지식하게
매번 1943 충북 제천이라고 쓴다
내 나이 꼽아본 독자들은
이 늙다리 여태 살아있네 하겠지만

그런데 가만 보니까
여류시인들은 출생연도를 잘 안 밝힌다
거 참 이상하다
그럼 여류시인들은
나이가 없는 유령이라는 거야 뭐야
제 나이 말하면서 얼굴 빨개지는
앳된 처녀라도 된다는 거야 뭐야

내 말을
어느 누가 퍼날랐나
댓글이 와글와글, 클났다!
　당신 완전 꼰대야

여류시인이라니?
성인지감수성이 제로야 제로!
여류라고 불러야
황진이 맛이 좀 난다 이거지?
여자사람 시인!
이렇게 불러야 된다는 것 몰라?

- 넵, 잘 알겠습니다요

몹쓸

어린 여자애의 발을
엄지만 남기고 헝겊으로 묶어서
더는 자라지 못하게 했던
송나라 때부터 시작된 전족纏足!
어느 옛 시인은
고통을 참으며 걸어가는
여인의 발을 보고
예쁘고 사랑스러운
삼촌금련三寸金蓮이라고 했다
간들간들 흔들리는
연보蓮步라고 했다
발이 한 뼘 밖에 못 자라
평생을 되뚱되뚱 걷다 보니
하체의 비밀스런 근육만 발달되어
밤마다 남성을 즐겁게 해주는
붙박이 노리개가 되었는데도
뭐? 어떻다고?

몹쓸 은유는 죄악이다

용꿈

1959년 원주중학교 3학년 때
경주 수학여행을 못 가고
텅 빈 운동장에서 공을 찼다
나는 울지 않았다
내가 2반 반장이었는데도
담임은 나를 데려가지 않았다
사흘 내내 신나게 공을 찼다
나는 울지 않았다
수학여행비가 얼마였을까
요즘 돈으로는 한 15만원쯤?
수학여행을 갔다 온 친구들이
불국사와 석굴암 이야기를 할 때
귀동냥하면서 함께 웃었다
나는 반공방일 몸에 밴
씩씩한 소년이었다

이제 생애의 막바지에 서니
그때 흘리지 않았던 눈물이
어럽쇼, 갑자기 쏟아진다
그래서 말씀인데 말야

전국조직을 하나 결성해야겠다는
기똥찬 아이디어가 불쑥!
'수학여행 못 간 중학생 전국연합'
약칭 〈수못중 전국연합〉을 만들어
처음에는 비영리 사회봉사로 출발하지만
은근슬쩍 눈 먼 보조금 왕창 받아
어마어마하게 떼돈도 만들고
총선과 대선 때
화끈하게 정치활동을 한다면야
꿩 먹고 알 먹을 수 있으렷다?

지난봄 대구에 갔을 때
이른 저녁 술자리에서
〈수못중 전국연합〉 구상을 밝혔더니
문무학 시인도 서하 시인도
또 누구누구도 수학여행을 못 갔단다
대구지부 서기는 누구 총무는 누구
너무 앞질러 이렇게 말한 기억 가물가물하다
암, 그렇다마다
쇠뿔도 단김에 빼야 한다

서울 부산 대구 광주 전주 대전 청주 춘천 제주
각 지부를 결성하여
맘에 맞는 서기와 총무를 임명하고
중앙 총서기 자리는 내 차지다
속이 빤히 보이기는 하지만
그렇게만 된다면야
다음 총선 비례대표는 따 논 당상!
또 모르지 바로 대선으로 직행할지도!
사람 팔자 개 팔자라는 말도 있으렷다?
아차, 말이 엇나갔다
대권을 잡는 사람은
놀고먹는 개가 된다고?
(아무튼! 닥치고!)

내가 지금 미리 쓰고 있는
총서기 취임사의 앞대가리는 이렇다
 - 진보와 보수는 가짜 진영이다
   중3 때 수학여행을 갔느냐 못 갔느냐
   오직 두 진영뿐이다
   수학여행 간 놈들

족치자… 씨를 말리자…

노트북 배터리가 다 됐다
오늘은 이만 끝

감별사

섬세함과 민첩함이 중요하다
똥구멍을 엄지와 검지로 까뒤집어서
암수를 구별하는
병아리 감별사의 손끝은 날래다
수놈은 생식돌기가 볼끈 솟아있고
암놈은 생식돌기가 팡파짐하다
1시간에 1000마리를 감별한다
눈깔이 핑핑 돈다

요즘 한국에는
사람 감별사가 판을 친다
똥구멍을 까뒤집을 것도 없다
한 마디 던져 보면 안다
 - 저놈이 사람이야? 개야?
'사람'이라고 대답하면
너는 개!
'개'라고 대답하면
너는 사람!
사람인지 개인지
딱 1초면 감별 끝!

눈깔이 핑핑 돌다 보니
다들 네눈박이가 되었다

음식 윤리

노르웨이에서는 양식 연어를 요리할 때
이산화탄소를 주입해 연어를 졸리게 만들어서
마취를 하고 전기충격을 가한 다음
단칼로 내려쳐서 절단한다
펄떡거리는 물고기를 그냥 칼로 내리치면
심한 고통을 느낄 테니까
아주 잘들 하는 짓이다
연어회 안주로 술 한잔 하며
생각만 해도 어질어질

스위스에서는
바다가재를 끓는 물에 바로 넣으면
형사처벌을 받는다
살아있는 바다가재를
얼음에 올려 운반하는 일도 금한다
가재가 동상 걸리면 얼마나 춥겠나
갑각류도 고통을 느낄 수 있다는
동물보호단체의 주장을 받아들여
2018년 동물보호법을 개정했다
전기 충격을 주거나 망치로 대가리를 때려

기절시킨 다음 요리해야 한다
바다가재 전문식당에
아직 제대로 못 가봤지만
생각만 해도 어리벙벙

팬데믹

바이러스 사냥꾼이라 불리는
조나 마제트 교수에 따르면
인수공통감염 바이러스는 50만종이라고 한다
감염 경로가 밝혀진 바이러스는 겨우 0.2%!
사스 사망자 774명 메르스 사망자 858명
에볼라 사망자 1만 1325명인데
지구를 삼킨 코로나 19는
2021년 3월 5일 기준 사망자가
258만 2140명이다

백신은 상처에 붙이는 밴드 수준에 불과하다
박쥐에 기생하던 바이러스가
새로운 숙주인 인간의 몸으로 옮겨오면
더욱 맹렬하게 진화한다
아무렴 박쥐 맛보다야
생태계 파괴하면서
온갖 영양제 가지가지 먹고
매끈한 피부와 딴딴한 근육 자랑하는
향수 냄새 은은한 인간의 세포가
맛이 더 좋으렸다?

세계를 집어삼킨 코로나 19 다음에
감염병x가 창궐하여
또다시 팬데믹 세상이 오면
핵무기나 생화학 무기 수준이 되어
지구를 멸망시킨단다

푸른 별이여, 안녕!
지구의 맨 끝 벼랑은
참혹하니 아름다워라

휘뚜루

수천 년 전 아시아 동북쪽에서
유목민으로 말 달리던 돌궐!
중앙아시아 전역을 휩쓸면서
아나톨리아 반도에 진출한
돌궐의 후예 튀르크가
페르시아와 비잔틴을 격파하고 세운
오스만 제국!
멋진 수염 술탄도
나방이 눈썹 계집들도
삼삼히 떠오르는
동서양 문명의 교차로에 서면
초승달과 별이 반짝이는
터키의 역사가
어마지두에 새삼 두렵다

고구려와 발해의 유민들이
돌궐족에 섞여 피 흘리며 꿈꾼
고국산천은 까마아득하지만
흉노와 돌궐의 나라
위구르와 튀르크의 피 속에는

고구려와 발해의 피도
담배씨만큼 섞였을 것이다
쌍화점에서 수작 부리는 회회아비의
맹랑한 바람끼도
피 묻은 수숫대처럼
산비알 밭귀마다 설레었을 것이다

개 머루 먹듯
터키 천하를 휘뚜루 꿴 7박 9일은
지구 자전보다 빠르게
갈팡질팡 시공을 넘나든다

나자르 본주

이스탄불 그랜드 바자
기념품 가게마다
액운을 막아준다는
나자르 본주Nazar Boncuk가
푸른 눈깔 뜨고 째려보고 있다
액운은 언제나
사람과 사람
눈썹 사이에도 있는 법
나자르 본주를 열댓 개 사서
누이 또래 길벗들에게 노나준다

제우스Zeus가
아름다운 소녀 이오Io와 밀애를 나누다가
헤라Hera한테 들키자
얼른 이오를 암소로 만들고는
에헴 에헴 시치미를 뗐지만
매서운 헤라는
그걸 바로 알아채고
등에를 풀어서 암소를 괴롭혔다
몸이 가려워서 참지 못한

어여쁜 이오는
'암소가 건너간 바다'
보스포루스 Bosphorus 해협으로
무작정 뛰어들었다

바로 그 순간!
을유문화사판『그리스신화』를 읽던 나는
무시무시한 초음속으로
책 속으로 잽싸게 들어가서
이오의 가냘픈 목에
나자르 본주를 걸어주었다
보스포루스 해협에서는
오늘도 워낭소리 맑게 울리고
물결 이랑마다
나자르 본주가 반짝이고 있다

팽이

되똥거리는 낡은 케이블카를 타고
골든 혼 Golden Horn이 내려다보이는
피에르 로티 Pierr Loti 언덕에 올라가서
1달러 주고 산 터키 팽이를 돌린다
처음에는 팽이가 곤두박질하더니
요령를 익히니까 금방 팽팽 돈다
관광객들이 모여들어 박수를 친다
사랑하는 여인을 찾아서
프랑스 해군제독의 옷도 팽개치고
이스탄불로 달려와서
허무한 사랑의 글을 쓰다가
생애를 끝냈다는
정신 나간 피에르라도 된듯
팽팽 팽이를 돌린다
어린 소년 하나가
내 옆에 와서 팽이를 돌리지만
천등산과 박달재 아래 마을
팽이 돌리기 으뜸이던 나한테는
어림도 없다
소년의 누나로 보이는

야들야들 예쁜 아가씨가 깔깔 웃는다
한국에서 온 백발 노인과
터키 소년이 돌리는
팽팽 팽이 소리 사이로
골든 혼의 물결도
이내 잠잠해진다

일동 기립!

카파도키아
앗, 이글이글 끓는 용암이 뜨겁다
솟구치는 활화산의 화염
지구가 통째로 깨지는 지진의 굉음
하느님이 지구를 연옥으로 만들었다
끝!

그러나 끝은 종말이 아니다
수도사들은
괴레메 바위산을 벌집처럼 뚫어
교회와 수도원들을 만들었다
관광명소? 천만에!
호모사피엔스의 촉루가 잠든
거대한 묘지다
일동 묵념!

파샤바에는
오랜 세월 풍화와 침식을 거친
큼지막한 바위들이
송이버섯처럼 불끈불끈 서 있다

버섯바위? 천만에!
씩씩한 남근석男根石이다
일동 기립!

아잔

새벽 해 뜨기 전
모스크 첨탑에서 울리는
아잔 Azan 소리에 잠이 깬다
무에진 Muezzin의 외침이
첨탑 마이크에서
우박처럼 쏟아져 내린다
하루 다섯 번 아잔을 외치는
무에진은 목도 쉬지 않는다

알라는 위대하다!
알라는 유일하다!
기도하러 오라!
구원 받으러 오라!
새벽 일출 전 파즈르 Fajr
정오와 오후 중반 두흐르 Duhr
오후 중반과 일몰 전 아스르 Asr
일몰 직후 마그립 Maghrib
밤과 새벽 사이 이샤 Isha

새벽마다

알라의 말씀이 귀 따갑다
 - 밥 먹으러 오라!
맞는 말씀
밥이 구원이다
생수로 양치질을 하고
부랴사랴 식당으로 간다

세상일 다 이러루하니

역사를 히스토리history라고 하면
그놈의his 스토리처럼 들리니까
허스토리herstory라고 해야만
그년의her 스토리도 된단다
년놈의 오만가지
스토리가 쌓인 게 역사다
아무렴

2021년 1월 미국 하원 개회식 때
이매뉴얼 클리버 의원은
남녀 성차별을 없앤답시고
기도를 마치면서
아멘Amen에 이어
아우멘Awomen이라 했다
얼씨구

오호라
지구가 오늘도
뒤뚱뒤뚱 굴러는 간다마는
세상일 다 이러루하니

머잖아 떠돌이별 될지도

쇼팽의 심장

1849년 10월 17일 새벽 2시에
예워비츠키 신부와 누이 루드비카가 지켜보는 가운데
뛰어난 상상력과 고전적 섬세함으로
벼락처럼 인간의 영혼을 깨운
쇼팽(1810-1849)이 파리에서 숨을 거두었다
피부가 일그러지기 전에 부랴부랴
석고를 부어 데드마스크를 떴다
다음날 외과의사가 쇼팽의 가슴을 가르고
검붉은 심장을 꺼내 에틸알코올 단지에 넣었다
슬픔도 다 메말라버린 루드비카의 눈에는
죽은 쇼팽이 전율하며 한숨을 내쉬는 것 같이 보였다
장엄하고 우아한 장례를 치루기 위해
예술과 종교가 서로 대립하고 화해하였다
사람들은 유족의 집에서 조르주 상드의 집에서
서로서로 모여 쇼팽을 이야기했다
땅에 묻히기도 전에 쇼팽은 신화가 되었다
보름 후에야 모차르트의 레퀴엠이 울려 퍼지는 가운데
심장을 뺀 나머지 육신이
파리 라 마들렌 성당에 묻혔다

조국 땅에 묻어달라는 쇼팽의 유언에 따라
그해 겨울 루드비카는
단지에서 쇼팽의 심장을 꺼내 가죽 주머니에 넣고
마차를 타고 폴란드로 출발하였다
국경이 가까워지자
쇼팽의 심장이 담긴 가죽 주머니를
루드비카는 제 음부 가까이
크리놀린의 금속 후프에다 단단히 매었다
폴란드 국경은 삼엄하였다
폴란드의 독립 의지를 일깨우는 물품이 있는지
샅샅이 조사를 했지만
국경 검문소 점령군 헌병들은
숙녀의 치마 속 은밀한 곳에
쇼팽의 심장이 숨어있는 줄은 짐작도 못했다

쇼팽이
쇼팽의 심장이
그의 조국 폴란드 바르샤바
성 십자가성당 기념비 아래 묻히는 순간!
지구가 1초 동안 자전을 멈추었다

제천

- 내제奈堤여
제천堤川의 옛 이름을
가만히 불러보면
험준한 산하를 누비던
삼국三國의 젊은이들 고운 빛 얼굴
삼삼하게 이냥 떠오르네
건 밭가로 맑은 내가 흐르고
곧고 착한 백성들이
오순도순 씨앗을 뿌리는 곳

느티나무 넉넉한 그늘 아래
반딧불이 밤마다 사랑을 나누네
의림지 푸른 물결에
산란하는 공어 떼 바쁘고
수수백년 의젓한 솔과
자란자란 수줍은 버들
하늘빛으로 넘실대네

나라가 위태로워지면
붓과 쟁기 내던지고

창을 들고 달려 나가던
의병들의 우레 같은 함성이
고을마다 메아리쳐오네
나라에서 으뜸 예쁜
금봉 아가씨의
마늘쫑보다 매운 사랑이
박달재 고갯마루
산비둘기처럼 날아오르네

늘푸른큰키나무

- 백운초등학교 창립 100주년

베돌던 닭도 해거름이면 홰에 들듯
고향에 돌아와 무심히 바라보는
천등산 박달재여
오르고 싶어도 다는 못 올랐던
아득히 높은 산마루여 고갯마루여
까까머리에 몽당연필 손에 쥐고
가갸거겨 배우던 국어시간도
구굿셈 배우던 셈본시간도
선생님 회초리가 늘 겁났지만
장작 난로 위에서 익어가는
도시락 속 김치냄새 맡으면서
점심시간 기다리는 재미는 쏠쏠했다

100년의 별과 서리가 찬란한
백운초등학교 교정을
쉬엄쉬엄 거닐다보면
그 옛날 개구쟁이 동무들의 목소리가
새록새록 이냥 들려오는데
오딧빛으로 깜박이는
오늘 아침 아이들의 눈동자마다

하늘 아래 제일 깨끗한
우리 백운면의 하늘과 땅이
눈부처인양 자늑자늑 비친다

천등산과 박달재 마루 넘나들며
겨레 앞길 밝히는
백운 사람들의 꿈이 영글고
잉걸불 같은 마음씨로
갸륵하게도 의젓한
백운초등학교 아이들은
푸른 별 지구의 생명을 지키는
늘푸른큰키나무 향나무처럼
100년을 맞는 축제의 아침에
참말 더 또랑또랑하다

사람 사는 일 다 이러루하니

윤여정이 오스카상을 받고
인터뷰하는 것을 보았다
 - 나는 먹고 살기 위해 연기할 뿐
   상 받았다고 윤여정이 김여정 되나요?
기자가 손들고 일어서려고 하니까
 - 그냥 앉아요 내가 대통령도 아닌데 뭘!
호호 웃으며 화이트 와인 홀짝!

티브이 보면서
윤여정에게 완전 넘어갔다
눈썹까지 살살 간질이는
말의 숨결을 보면
윤여정이야말로 진짜 시인이다
내 처보다 한 살 위 1947년생이라니
움처형으로나 삼아
와인 잔 쟁그랑 맞대면서
이 풍진 세상 허허 웃어 볼까나
사람 사는 일 다 이러루하니

□시인의 산문

언어를 모시다

언어를 모시다

1

흔히 시詩를 가리켜서 언어로 지은 절이라고 말한다. 언뜻 보면 아주 그럴듯하고 멋있는 것 같지만 사실은 이런 풀이처럼 싱거운 해석도 따로 없을 것 같다. 말씀言에 절寺가 합해져서 이루어진 글자가 '詩'이니까 이렇게 쉽게 말하는 것이겠지만 寺에는 '절' 외에 다른 뜻도 두세 개 더 있다.

'寺'는 절을 뜻할 때는 '사'라고 읽지만 '모신다'는 뜻일 때는 '시'라고 읽는다. 옛날 임금을 곁에서 모시는 벼슬아치를 시인寺人이라고 했다. 시는 언어를 최고로 받들어 모시는 문학의 장르이다. 그래서 '시'를 한자로 '詩'라고 적는 것이 아닐까. 이렇게 볼 때 언어를 최고 존엄으로 모시는 사람이 바로 시인이다.

그런데 요즘 시인들이 언어를 최고의 높임으로 잘 모시고 있는가. 마구잡이로 시를 남발하는 시단은 겉으로는 아주 풍요로워 보이지만 시의 알갱이는 꼭 그렇지만도 않다. 이 시대의 모든 시인들은 모름지기 자기의 시가 지금 숨을 쉬는지 숨이 다 넘어갔는지 한 번쯤 시혼의 맥박도 짚어 보고 시의 맥락을 초음파 사진으로 찍어보는 게 좋을 것 같다. 입으로는 민족의 주체성을 말하면서도 실제 창작에서는 민족의 언어를 외래어와 뒤섞어 난도질하는 일은 없는지 되돌아보아야 할 것이다.

나는 젊을 때나 일락서산 지금이나 시를 쓸 때 늘 언어에 많은 공을 들인다. 예쁜 말 고운 말을 고르느라고 시간을 들이는 게 아니라 작품에 딱 맞는 말을 찾느라고 고생을 한다. 금광에서 노다지를 캐는 게 아니라 강변에서 사금을 캐는 가난한 광부나 금은방 세공업자처럼 시의 구성과 언어 선택에 애를 많이 쓴다. 갑남을녀가 주고받는 토박이말이나 근대화의 격랑을 건너면서 우리가 잊어버린 채 사전에서 잠자고 있는 우리말을 찾느라고 많은 시간을 쓴다.

그전에 어떤 글에서 나의 이러한 딱한 꼴을 자조적으로 토로하면서, '그대들은 잠수함이나 고래 같은 큰 시를 쓰게나. 나는 새우나 굴비 같은 작고 시시한 시를 쓰겠네'라고 한 적도 있다. 시는 아주 사소한 사물과 정서에서 비롯되는 것이지 아주 거대한 담론은 시를 마침내 죽인다.

나의 시 「비백飛白」을 예로 들어 내가 지닌 시창작의 의도와 시가 태어나는 과정을 이야기하면, 언어를 섬기고 모시는 내 시의 제 모습이 도렷하게 드러날 것 같다. 비백은 한자의 서체 가운데 하나다. 글자의 획에 희끗희끗한 흰 자국이 나도록 쓰는 것으로 팔분八分이라고도 한다.

그러니까 내 솜씨가 좀 성글고 부족해서 마냥 팔푼이처럼 구니까 아주 제대로 된 제목처럼 보이기도 한다. 이제 나이 점점 들어 남의 말 잘 들리지 않고, 그러니 자연 남의 말 듣지 않고, 귀절벽에 쇠고집이 되었는지라 순전히 내 맘대로 하는 말이니까 다들 고개를 외로 저어도 할 말 없다.

> 콩을 심으며 논길 가는
> 노인의 머리 위로
> 백로 두어 마리
> 하늘 자락 시치며 날아간다

> 깐깐오월
> 모내는 날
> 일손 놓은 노인의 발걸음

> 호젓하다

꼭 타임머신을 타고 온, 갓 쓴 조선 시대 시인의 작품으로 착각하기 쉽겠다. 지금이 어느 시대인데 이런 시를 쓰느냐고 다들 생각할지도 모르겠다. 그런데 그렇게들 생각하지 말기 바란다. 옛날에야 손으로 일일이 모내기를 했지만 요즘은 동력 이앙기로 모를 심기 때문에 나이 든 노인들은 모내기할 때도 뒷전으로 밀려나기 마련이다. 낙향한 지 20년이 다 되는 내 경험으로 보건대 이 시에 나타난 농촌 풍경은 과거형이 아니고 지금도 다 그대로 현재진행형이다. 나이 들어 농기계 다루는 게 서툴고 몸이 불편한 노인들은 농사일에는 손을 놓고 멀찌가니 물러나서 모내기하는 광경을 고즈넉이 바라볼 뿐이다.

시의 형태를 일부러 간종그리게 만든 것은 다 꿍꿍이가 있어서다. 현대시의 전개과정을 흔히 정형시 - 자유시 식으로 설명하지만 시는 본태적으로 자유제한적인 정형의 형식을 운명적으로 지니고 있다고 이해해야 한다.

콩을 심으며 간다. 백로가 하늘 자락을 시치며 날아간다. 깐깐오월. 이런 말들에 나타난 우리말의 곡진한 결을 이야기해 보겠다.

홍명희와 송기숙, 이문구 등 여러 작가의 소설어사전을 펴낸 바 있는 민충환 교수한테 들은 이야기다. 한국현대소설을 연구하는 일본학자가 홍명희의 소설 『임꺽정』에 나오는 '콩을 심으며 간다'라는 말이 무슨 뜻이냐고 묻는 편지를 보내왔었다고 한다. 외국 학자가 이렇게 한국소설을 자세히 읽고 있다는 사실에 놀란 그는 촌로에게 물어물어 마침내 그 뜻을 알아냈다고 술회한 글을 읽은 적이 있다. '콩을 심으며 간다'라는 말은 한쪽 다리를 절룩거리며 걷는 것을 뜻한다. 콩을 심을 때 한 발로 절룩거리며 흙을 다지는 모습에서 나온 관용적 표현이다. 이 말은 작은 국어사전에도 등재된 관용어라는 사실을 나는 나중에야 알았다.

"백로 두어 마리/ 하늘 자락 시치며 날아간다"라는 말은 동인시화東人詩話에 나오는 고려시대 선비의 시에서 짐짓 연유한 것이다. 그는 해오라기에 대한 시를 지으려고 비를 무릅쓰고 송도 천수사 계곡에 나갔다가 어느 날 마침내 '비할벽산요飛割碧山腰'라는 시구를 얻고, 옛사람이 미치지 못한 바를 드디어 이루었다고 쾌재를 불렀다고 한다. 이 시구는 정말 기막히게 아름답고 생동감이 넘친다.

그런데 큰 새가 푸른 산허리를 베며 날아간다는 표현은 어쩐지 너무 빠르고 날카롭게 느껴져서 어울리지 않는 것 같았다. 내 시적 상상력의 눈에는, 바느질할 때 옷감을 시치고 호는 것처럼 해오라기가 푸른 산을 배경으로 큰 날개로 느릿느릿 너울너울 날아가는 것으로 보였다.

나는 10년도 더 전에 「춘일春日」이라는 시를 쓴 적도 있다. 햇살이 산마루에 낀 안개를 시치고 호면서 비치는 봄의 풍경을 그림 그리듯 묘사한 시다.

풀귀얄로
풀물 바른 듯
안개 낀 봄산

오요요 부르면

깡종깡종 뛰는
쌀강아지

산마루 안개를
홑이불 시치듯 호는
왕거빗 햇귀

옛사람들은 그냥 5월, 6월, 7월, 8월이라고 하지 않고,
농경생활의 땀과 웃음을 결부시켜서 깐깐오월, 미끈유
월, 어정칠월, 건들팔월이라고 했다. 우리는 지금 선조들
이 사용하던 우리말의 풍류와 해학을 반나마 까먹고 있
는 것이다. "깐깐오월 / 모내는 날"이라고 나직이 읽다 보
면 논두렁에서 새참에 막걸리 한잔 마시는 농부들의 헛
헛한 숨소리가 들려오지 않는가. 지금 노인은 일손 다 놓
고 다리를 절룩대며 논길을 걷는다. 머리 위로 백로가 너
울너울 날아간다.

나는 시를 쓸 때 시곗바늘을 아주 까마득한 과거로 돌
릴 때가 있다. 단군할아버지 시대까지 빛의 속도로 날아
가서 시적 놀이를 하기도 한다. 선사시대의 암각화가 새
겨진 바위와 정면으로 마주보기도 한다. 암각화에 새겨
진 선사시대의 그림이야말로 바로 시의 원형이다. 아득
한 과거로 돌아간다고? 그런다고 뭐가 달라지는데? 이

렇게 자문을 가끔 하지만 자답은 내 입으로 아직 못 하겠다.

먼 훗날 눈 밝고 귀 밝은 이 있어, 나의 이러한 시 쓰기의 외고집이 좀은 이해가 될라나? 나도 모르겠다.

2

요즘 나는 내 선조들의 문집을 읽으면서 시간을 보낼 때가 많다. 내가 운명적으로 지나온 길을 따라가며 내가 '나'를 찾는 일을 하는 셈이다. 그 누구도 아닌 전생의 '나'에게 자꾸 여든대고 싶은 것일까. 옛 문집을 읽다가 힘들게 시 몇 편이 생겼다. 그래서 내 시 몇 편에 대한 뒷 이야기나 하나 할까 한다. 시작 노트라고 해도 되고 시작 낙서라고 해도 되겠다. 내 시가 재미있게 읽힌다고 쉽게 뚝딱 쓰는 줄 아는 독자들도 있겠지만, 천만의 말씀! 아마 나처럼 지지遲遲한 시인, 더는 없을라.

"하루걸러 동냥젖으로 / 눈물로 간을 한 미음으로 / 막내를 살리려고 / 하늘에 빌고 또 빌었다"(「이름」)에 나오는 '눈물로 간을 한 미음'의 이미지는, 사실 내가 쓴 게 아니라 하늘에서 들리는 말씀을 나는 그냥 받아 적었다고 해야 솔직한 고백이다. 나는 그 '말씀'을 기다리느라 며칠 날밤을 새웠다. 어찌해서 이런 이미지가 불현듯 내 눈앞에 떠올랐는지 가늠조차 할 수 없다. 눈물로 간을 한 미음! 이걸 어쩌나. 지금 다시 읽어도 그냥 눈물이 막 나네.

「이름」과 「벌초」에 나오는 "손 하나이"와 "노인 하나이"는 중세국어에서 쓰이던 옛 주격조사 'ㅣ'를 짐짓 다시 불러내어 쓴 것이다. 이래야지 좀 어눌하면서도 다정한 이 시의 정조情調가 은연중에 살아날 것 같은데, 과연 그런지?

「소 두 마리의 울음소리」와 「이름」에 나오는, "하라버지 하라버지 / 어린 손자 탁뼈니 / 절 바드시압"과 "탁뼈나 / 니 가는 곧 어드메뇨?"는 표준어 규정에 나와 있는 '표준발음법'에 따라 쓴 것이다. 문자 이전의 '소리'가 진짜 우리말의 곡진한 원형인 것이다. 편집실에서 '가는 곧'을 '가는 곳'으로 고치면 안 되지, 암. 오래전 어느 잡지에 보낸 시에 '허아비'라는 말이 있었는데 잡지가 나온 걸 보니 '허수아비'로 고쳐버린 게 아닌가. '허수아비'의 준말이 '허아비'래서 내가 일부러 꾀를 냈던 것인데! 내가 시를 쓸 때 말 하나하나에 목숨을 건다는 것을 잘 아실 텐데.

국어사전에 보면 '낙목한천'의 표준발음이 [낭모칸천]으로 돼 있다. 2006년에 낸 나의 시집 『손님』에는 「낭모칸천」이란 시가 있다.

개다리소반의

개다리처럼

낙낙한 걸음으로

오시게나

낙목한천
아득한 서역길을
진신사리
받들고

낭모칸천 낭모칸천
목 쉰 목탁
두드리며
오시게나

곰곰 생각해보니, 내 생애는 '낭모칸천'이었고 내 시는
'눈물로 간을 간 미음'이었다. 이 말을 들으신 연초재 할
아버지께서는 그냥 빙긋 웃으실라나.

3

2022년 새해가 되자 기분이 좀 묘했다. 내가 1943년 계
미생이니까 우리 나이로 여든이 된 것이다. 아침에 일어
나면 거울을 보면서 "할아버지, 안녕?" 하고 인사를 한다.
장난삼아 그러는 게 아니라 정말로 나한테 아침 문안을

하는 것이다. 그러니까 내 몸에는, 아니, 영혼에는, 조손 祖孫이 공존하고 있는 것이다. 앞으로 나를 길가에서 보는 사람은, '어, 저기 애와 노인이 한몸으로 걸어가네'라고 손가락질하기 바란다.

　올 정초 성묘를 하고 온 날 저녁, 술을 한잔 하고 일찍 잠이 들었다가 새벽에 깼다. 담배를 피워 물고 인터넷에서 신문 기사를 검색해 보았다. 그러다가 어느 신문에 난 이어령 선생 인터뷰 기사를 보게 되었다. 병색이 완연하고 많이 여윈 선생의 모습을 보자 내 심장이 쿵! 하고 내려앉는 것 같았다. 그 순간 내 마음 속에서 한 편의 시가 떠올랐다. 동이 틀 무렵 이어령 선생께 이메일을 보냈다.

　선생님. 새해 세배드립니다.
　자주 뵙지는 못 하지만 선생님은 언제나 제 마음 속에 계십니다.
　오늘 새벽 동아일보에 난 선생님 인터뷰 기사를 보았습니다.
　맑은 눈으로 세상을 바라보시는 선생님을 사랑합니다.
　하느님. 우리 선생님을 보우하소서.
　첨부파일로 올리는 시 한 편, 웃으며 보세요.
　　　　　　　　　　　　　　　　　　- 오탁번.

〈첨부파일〉

별 '아! 이어령'

동아일보 2022. 1. 4.
파워인터뷰 - 이어령을 읽는다
 - 포스트 코로나 시대,
   보리처럼 밟힌 마이너리티가 이끌 것
2022. 01. 04. 03 : 04에 입력한 기사다

지금은 4시 30분
많이 여위셨지만 형형한 눈빛은
겨울 아침 햇살 같다
추천해요! 좋아요! 감동이에요!
이모티콘에 클릭을 한다
댓글 창을 보니 아직 아무 글도 없다
난생 처음 댓글을 쓴다
 - 구구절절 빛나는 옳은 말씀을
   두 손으로 받들어 읽었습니다

맨 처음 이모티콘을 클릭하고
그리고 댓글까지!
나는 지금 이어령을 보고 있다
허블 망원경도 못 찾은 별을
나는 지금 보고 있다

나는 그 별을

'아! 이어령'이라고 명명한다

'아'는 아 소리낼 때 입술처럼

동그마니 작은 우주의 크기고

'!'는 빅뱅 때 나는 섬광이다

별 '아! 이어령'은

광막한 어둠을 뚫고 달려와서

우리 태양계가 탄생하는 순간

수금지화목토 사이에서

푸른 별 지구가 태어나는

찰나의 찰나에

우리와 해후한다

1초의 10억분의 1

나노nano 초 1! 2! 3!의 속도로

불멸의 별이 된다

　이메일을 보내고 나서 나는 좀 걱정이 되었다. 이어령 선생께 메일을 보내는 게 처음이어서 메일 주소가 맞는지도 잘 모르는 상태였다. 신문에 난 인터뷰 기사를 읽을 때 나는 그분이 바로 우리 시대의 '별'이라는 생각이 퍼뜩 들었다. 그래서 「별, '아! 이어령」이라는 시를 급히 썼다. 그분께 바로 보여드려야 한다는 절박한 마음에서 첨부파일로 시를 보냈다. 세배를 드리는 간절한 마음이었다.

그런데 다음날 오후, 뜻밖에도 이어령 선생이 메일로 답장을 보낸 것이다. 나는 깜짝 놀라 메일을 얼른 열어보았다.

백아와 종자기라더니 내 글을 이해하고 함께 호흡할 수 있는 유일한 사람.

'정자의 시점' 때에도 시를 써주어 내가 애지중지하는 작품으로 전집 글에다가도 게재한 바 있는데.

투병 중 절망 속에서 별의 노래를 들으니 이제 죽어도 될 것 같다는 생각이 들어요.

오만한 오탁번이기에 타협 모르는 시인 소설가이기에 남들이 두려운 사람으로 알고 있는데 나에게는 햇볕처럼 따뜻하다. 온도계가 다르구나.

고마워요. 마지막 동행자가 되어 주어서 외롭지 않아요.

구술이라 오탈자 많더라도 감안해서 읽으세요.

새해 인사도 겸해서.

- 이어령.

'백아와 종자기'는 여씨춘추呂氏春秋에 나오는 백아伯牙와 종자기鍾子期의 고사에서 유래된 '지음'知音을 뜻하는 말이다. 내가 이어령 선생의 지음이라니 얼마나 가슴에 사무치는 말인가.

'정자의 시점'이란 말은 내가 1999년에 나온 시집 『1미터의 사랑』에 수록된 「이어령의 포인트 오브 뷰」라는 시에서, 동양 산수화에 자주 나오는 정자亭子가 바로 화가의 시점을 의미하는 것은 물론 제삼자가 바라보는 바로 그 예술의 시점을 뜻한다는 이선생의 말을 인용했었는데 그걸 가리킨 것이다. 이선생의 위트와 패러독스가 번뜩이는 문학강연이 시보다도 더 시답고 국문학자의 논문보다 더 탁월하다는 놀라움을 시로 쓴 것이었다.

나는 이어령 선생의 시집 『어느 무신론자의 기도』(문학세계사, 2008)에 표4글을 쓴 적이 있다. 시집이 나오고 나서 한참 후에 어느 자리에서 이선생과 몇 마디 나눈 적이 있다. "표4글 아주 잘 썼더군" 하시길래, "뭘요. 배 아프다고 했는데요" 했더니, "배가 아프다는 말이 최고의 칭찬이지!" 하는 것이었다. 시집 표4에 쓴 짧은 글은 다음과 같다.

이제 다시 읽어보니, 꼬부장한 '?'는 점점 작아져서 눈에 띄지도 않고 오직 '!'만이 점점점 커지면서 누리에 가득 넘친다.

이 나라 문화의 살아있는 상징이 된 이어령 선생! 나도 한때는 '!' 대신에 꼬부장한 '?'를 붙이고 싶은 때가 있긴 했지만, 몽당연필에 침 발라 쓴 '떨어진 단추'와 '빗방울'에 대한 시를 읽고는 사뭇 눈물겨울 뿐 긴 말을 잃는다. 나 혼자 굴렁쇠를 굴리던 보리밭 길이 우리 겨레의 원형상징의 아스라한 지평으로 떠오르고 있다. 눈썹보다 더 작은 아주아주 사소한 것에 대한 헌사를 숙명적으로 껴안은 시인 이어령 선생! 그가 괜히 또 밉다. 배가 아프다.

□해설

시간의 필경사가 전해주는
말과 마음의 고고학

유 성 호
(문학평론가 · 한양대학교 국문과 교수)

시간의 필경사가 전해주는
말과 마음의 고고학

1. 언어를 최고로 받들어 모시는 '시'

오탁번 시인은 자유로운 상상력과 활달한 언어 그리고 인간과 자연을 실물적으로 포착하고 재현하는 능숙한 역량으로 이미 우리 시사(詩史)의 고전이 된 분이다. 그의 근작(近作)들은 기억 속 유년과 고향에서 시작하여 가장 순수한 존재론적 원형을 간직한 '원서헌' 근처 생명들을 보살피고 어루만져온 과정을 담아내는 데 진력해왔다. 이번 시집 『비백飛白』 역시 지난 『알요강』(2019)에 이어 기층언어에 대한 지극한 헌신을 통해 가장 원초적인 '시적인 것'의 형상적 성취를 이루어낸 결실로 다가온다. 세상 주변부에서 더디게 스러져가는 삶을, 쓸쓸하지만 환하고 비어 있지만 가득한 삶의 역설을 노래하는 그만의 천진성과 비(非)근대 시법이 다시 한번 확인되는 순간을 담은, 만유 공존의 상상력이 극점에서 빛나는 명품이 아닐 수 없다.

우리가 잘 아는 것처럼 시인으로서 오탁번의 존재는 "시는 언어를 최고로 받들어 모시는 문학의 장르"(「시인의 산

문 - 언어를 모시다)라는 선언에서 발원한다. 그는 풍경의 구체
나 기억의 심도(深度)도 놓치지 않지만, 그에 딱 맞는 토박
이말을 찾아내느라 정성을 들이는 모어(母語)의 연금술사
로 우리에게 각인되어 있다. 비록 표준어가 규율과 소통
의 편의를 도모했다 하더라도 그는 살아있는 입말이야말
로 그 자체로 우리말의 가능성을 확장해가고 있다는 자
각을 의식의 심층에 간직하고 있다. 이때 우리는 말라르
메가 '시인'을 일러 '부족 방언(모어)의 예술사'라고 정의했
다는 사실을 환기하면서, 모름지기 시인이란 모어를 최
대한 세련화하여 구성원들에게 깊은 인지적, 정서적 감
염을 선사하는 존재라는 함의에 흰칠하게 가닿게 된다.
더없이 풍요롭고 살가운 모어의 집성(集成)이 말하자면 그
의 근작들을 수놓고 있는 셈이다.

2. 사람 사는 일 다 이러루하니

이번 시집에는 무수한 인물과 사건과 지명과 문헌과 계
보가 등장한다. 이런 것을 엮어 '이야기 시'라고도 쓸 법
한데, 오탁번 시인은 견고하고도 일관되게 일인칭 장르
라는 서정시의 기율을 한시도 잊지 않는다. 오래된 조상
의 문집에서 감동적 표현과 문장을 발견할 때도, 어린 시

절의 가장 중요한 기억과 만날 때도, 그의 시는 '이야기 시'로 흘러가지 않고 영락없이 일인칭 고백 장르로 귀환한다. 물론 시의 바탕에는 시인이 오래 겪어온 경험 가운데 가장 절실한 기억의 층이 녹아 있고 떠나간 이들에 대한 간절한 그리움이 담겨 있다. 시인은 자신이 살아온 날들에 대한 회상을 통해 누군가 떠나고 난 빈자리에 남아 그 잔영을 기록해가는 시간의 필경사(筆耕士)를 자임함으로써, 그 시간을 다시 재현하면서 스스로 존재 확인의 순간을 구현해간다. 그러한 '남은 자'로서의 목소리가 시집 곳곳에서 아련하게 번져가고 있다 할 것이다. 다음 작품을 먼저 읽어보자.

그끄러께 봄
애련리 뒷산 할아버지 산소와
무너미골 아버지 산소를
의림지 개나리공원 봉안묘로 모셨다
유해를 백자에 고이 담아
우람한 석물에 칸칸이 모셨다
이제 벌초할 걱정 없이
설날 추석날
조화 한 묶음 꽂아놓고
술잔 올리고 절하면 되었다
그런데 그게 아니었다

유해를 수습하고 나서

땅 속에 그대로 파묻은 묘비가

날이면 날마다

눈앞에 떠올랐다

(…)

다음날 한치 마을 뒷산자락에

묘비를 정성스레 모셨다

가운데에 상돌을 놓고

양쪽으로 묘비를 세웠다

왼쪽에 할아버지와 할머니

동복오공연긍지묘同福吳公然兢之墓

유인전주이씨부좌孺人全州李氏祔左

오른쪽에 아버지와 어머니

동복오공재경지묘同福吳公在瓊之墓

유인광산김씨부좌孺人光山金氏祔左

묘비 앞에 절하고 나서

하늘을 우러르니

세상만물이 다 그윽하였다

―「삼대三代」 중에서

‘그끄러께’라는 토박이말이 시의 문을 연다. ‘그러께’가 지지난해이니 ‘그끄러께’는 3년 전 해인 셈이다. 그해 봄 할아버지와 아버지의 산소를 “의림지 개나리공원 봉안묘”로 함께 모신 일화가 시의 기둥을 이룬다. 여러 지명(地名)이 그의 누대(累代)가 그 공간에 한데 모여 있음을 알려준다. 선조의 유해를 백자에 고이 담아 봉안묘에 모신 시인은 벌초할 걱정이 사라지고 명절에 조화와 술잔만 올리면 되겠다는 단출함을 유머러스하게 고백하는데 그 순간 새로운 반전이 일어난다. 땅 속에 그대로 파묻은 묘비가 기억에서 지워지지 않은 것이다. 그래서 시인은 올겨울에 비장한 마음으로 조상들 옛 산소를 다시 찾았다. 일꾼들에게 다짐을 해두면서 조심스레 묘비를 수습하였는데 다행히 원래 모습을 견지하고 있었다. 다음날 시인은 정성스레 묘비를 양쪽으로 모시고 가운데 상돌을 놓았다. 왼쪽에 조부모님, 오른쪽에 부모님을 모시고 절을 하고 나니 새삼 세상 만물을 그윽하게 품게 된 것이다. 묘비 수습을 둘러싼 내력을 통해 조상과 시인은 한 몸으로 결속하면서 서로 그윽해진다. 오탁번의 ‘삼대三代’가 완성된 이 순간이야말로 그의 존재론이 그분들의 생애와 숨결과 흔적에 의해 구축되고 있음을 암시해준다. 짐짓 시인은 “사람 사는 일 다 이러루하니”(『사람 사는 일 다 이러루하니』)라고 되뇌고 있을 것이다. 다음은 어떠한가.

어느 날 그냥 찾아온 손 하나이
내 이름이 본명이냐 뜬금없이 물어
방울 탁鐸! 울타리 번藩!
또박또박 글자 풀이를 해주었다
엄한 선비였던 할아버지가
내가 태어나기도 전에
손자 한 놈 더 있다고
내 이름 지어놓고 돌아가셨는데
1943년 한여름 초저녁에
정말 내가 태어났다고

(…)

그런데, 명줄 안 끊기고
예까지 용히 왔다
그날 뜨악한 손이 가고 나자
괜히 마음이 싱숭생숭해져서
자전에서 내 이름 다시 찾아보았다
앗! 이게 뭐야?
방울 탁, 울타리 번 말고
어마한 뜻이 더 있다
독毒을 바른 창槍, 탁!
휘장揮帳이 있는 수레, 번!

깜작 놀라 틀니 빠질 뻔 했다

독 바른 창을 잡고

휘장을 친 수레를 탄다?

나는 곰곰 생각에 잠겨

혼잣말을 했다

　- 탁뼈나

　　니 가는 곧 어드메뇨?

―「이름」 중에서

　그러한 누대의 가계(家系)를 통해 내려온 가장 확실한 표지(標識)는 그의 '이름'일 것이다. 어느날 "손 하나이"(주격 조사를 '가'가 아닌 '이'로 쓴 것 또한 오탁번 고고학의 한 표징이다.) 시인의 이름에 대해 묻는다. "방울 탁! 울타리 번!"이라고 글자 풀이를 해준 시인은 그 내력도 찬찬히 들려준다. 시인이 태어나기도 전 조부께서 지어놓으신 이름이었다는 것이다. 서른 살 어머니가 막내로 낳으셨지만 어머니는 "눈물로 간을 한 미음"으로 겨우겨우 막내를 살리셨다. 세 살 때 아버지가 돌아가셨으니 어머니 홀로 견디신 날들은 그야말로 "눈물로 간을 한" 세월이 아니었을까? 손이 떠나가고 나서 시인은 자전에서 이름자를 다시 찾아보는데 놀랍게도 "독을 바른 창, 탁!/휘장이 있는 수레,

번!"이라는 다른 뜻이 부가되어 있지 않은가. 시인은 어쩌면 독 바른 창을 잡고 휘장 친 수레를 타고 여기까지 왔는지도 모른다. "-탁뼈나/니 가는 곧 어드메뇨?"라는 결사(結辭)는 예쁜 '방울'이 날카로운 '창'으로, 안온한 '울타리'가 거침없는 '수레'로 몸을 바꾸어버린 그 출렁임의 순간이 가져다준 존재론적 사건을 반영한 것인 셈이다. 누군가의 "얼굴은/얼이 숨은 굴"(『얼굴』)이지만 누군가의 이름은 그렇게 운명을 '이르는' 상징적 "개맹이"(『어리보기』)로 성큼 다가서고 있는 것이다.

이처럼 오탁번은 오랜 기억의 마디들을 불러와 자신의 존재론을 구성해간다. 사라져간 인물과 장소와 순간을 되찾아 '지금 여기'로 불러오려는 고전적 열망을 하염없이 보여준다. 그 안에는 인간이면 누구나 겪는 쓸쓸함과 허허로움이 있고 유한자(有限者)로서의 운명을 받아들이는 역설적 자유로움을 심화해가는 모습이 담겨 있다. 그렇게 시인은 시간의 은은한 삽화를 통해 한 시절의 경험이 서정적으로 승화하는 순간을 선명하게 보여주고 있고, 우리는 그 과정에서 가장 근원적인 시간들이 농울치고 있음을 발견하게 된다. 속도전으로 충일한 이 시대에 시인은 이렇게 우리가 잃어버리고 살아가는 느리고도 변함없는 고전적 시공간을 순간적으로 탈환해주는 것이다. 사람 사는 일 다 이러루하지 않을까?

3. 사기(史記)가 아니고 유사(遺事)라며

앞에서 말한 것처럼, 오탁번 시인은 기층언어와 토박이말과 고어와 방언까지 발굴하고 세련화하는 데 앞장선다. 비록 국민국가의 언어 정책이 표준어와 맞춤법 제정을 통한 언어 규범의 확립에 무게중심을 두었지만, 시인으로서는 모어의 아름다움과 질감을 최대화하는 기능을 외면할 수 없었을 것이다. 그러한 역주행이야말로 오탁번을 겨레의 시인이게끔 만들어준다. 오래전 「백두산 천지白頭山 天池」라는 커다란 스케일과 촘촘함 모어의 감동적 시편을 우리에게 선사했던 그가 그 후로도 균질적이고 지속적으로 모어의 예술사라는 지위를 구가해온 것을 우리는 이로써 알 수 있다. 우리는 언어의 표준화가 가지는 효율성과 통합성에 당연히 동의하지만, 살아있는 입말들을 보존하고 거기에 미학적 지위를 부여하는 일이 얼마나 중요한가를 그의 시를 통해 절감하게 된 것이다.

동네 노인 하나이
선산 벌초를 하고 내려오는데
여태 벌초도 안한
먼저 떠난 이웃의 무덤이 보인다
추석이 낼모레인데
아무리 바빠도 벌초를 안 하다니

고얀 녀석들 같으니!

혀를 끌끌 차면서

쓱쓱 낫질을 한다

살아생전에 논물 먼저 대려고

삿대질도 한 밉상이었지만

깎은머리가 된 무덤이

저녁놀 아래 정겹다

추석날에야 고향에 온 이웃 아들은

누가 벌초했는지 금방 안다

추석날 저녁에

휘영청 달이 떠오르자

곶감 한 상자와 술 한 병 들고

고맙다는 인사를 간다

그런데 인사 받는 노인의 말이

참 싱겁기도 하다

 - 내가 한 게 아녀

　 지나던 꼴머슴이

　 풀을 싹 깎은 거라

앞산 하늘에 토끼 한 마리

방아 찧다 배꼽 잡는다

—「벌초」 전문

'벌초'라는 행위를 둘러싼 삽화가 펼쳐진 시편이다. 노인 "하나이" 추석을 앞두고 선산 벌초를 하고 내려오다가 "먼저 떠난 이웃의 무덤"을 보고서는 "고얀 녀석들" 하고 나무라듯 혀를 차며 낫질을 했다. 그 이웃은 살아생전 애증이 겹쳤던 인물이지만 벌초를 하고 나니 저녁놀 아래 서로 정겨워진다. 추석날 고향 찾은 아들이 벌초해주신 노인 분을 찾아 고마움의 인사를 하지만 노인은 "내가 한 게 아녀/지나던 꼴머슴이/풀을 싹 깎은 거라"라고 싱겁게 응대함으로써 해학과 너그러움과 겸허함으로 '스스로[自] 그러한[然]' 삶의 한 장면을 보여준다. 여기서도 「이름」의 "손 하나이"처럼 "노인 하나이"가 등장하는데, 우리는 옛 주격조사 'ㅣ'를 불러내 쓴 시인의 의지가 일회적이지 않고 지속적으로 실험되고 안착된 것임을 확인하게 된다. 그렇게 시인은 "우리말의 큰말 작은말 센말 여린말 준말"(「해름」)을 어림하면서 시를 써간다. "철도가 지나가면/사람집도 제비집도 다 날아간다는 걸"(「제비」) 알아차리고 "아침마다 논꼬 보러 나가면서/손으로 이마 가리고/하늘을 보는 농부들이/A급 기상 캐스터"(「일기예보」)임을 증언하면서 말이다.

　　어느 잡지에
　　'현대시동인' 회고담을 쓰면서
　　애면글면 참 애썼다

내가 동인에 든 것은
1968년 여름 17집부터였는데
나한테 있는 거라곤
동인지 딱 네 권
하도 옛일이라 기억이 가물가물

그래서 이 회고담은
정사正史가 아니고 야사野史이며
사기史記가 아니고 유사遺事라며
빠져나갈 핑계를 대고는
한술 더 떠,
또렷한 기억은 기억에 머물지만
회미한 기억은 추억이 된다!
했것다?

요즘 통 개맹이가 없지만
말 되는 말
얼떨결에 한마디 했네

—「추억」 전문

　　시인은 1960년대 시사에서 중요한 역할을 한 '현대시'
동인 관련 회고담을 애면글면 쓴 사례를 들어 또 하나의 가물가물한 '추억'을 들려준다. 그는 이 회고담이 "정사가 아니고 야사이며/사기가 아니고 유사"라고 강조한다. 그러나 우리에게 그것은 체험적 문학사로 천천히 잠입해온다. 이때 시인은 "또렷한 기억은 기억에 머물지만/희미한 기억은 추억이 된다!"라면서 스스로 "말 되는 말"을 했다고 또 그 순간을 '추억'한다. 이러한 이중의 '추억'이 바로, 시인 스스로의 정의대로, '사기(史記)'가 아니라 '유사(遺事)'라고 명명된 것이 아니겠는가. 아닌 게 아니라 이번 시집은 그러한 야사와 유사의 실례로 그득한데, 공초(空超) 선생, 최근 작고한 이어령 선생을 비롯하여 수많은 해외 유적과 인물들이 시집의 경개(景槪)를 이루는 데 참여한다. 이승훈 시인을 추억하면서 "애도의 방식은/언어가 아니고 침묵"(「절명시」)이라 선언하고, "시인은/저도 모르게 태어나야 시인"(「이수익」)이라면서 "짊어진 소금가마처럼/눈물이"(「노향림」) 난다고 하면서 "사랑은/기록되지 않은 채 홀로 존재한다"(「윤석산」)고 하면서 문우들을 정성스럽게 부조(浮彫)한다. 그 순간 "나루터 물녘에서/아주 작은 풀꽃 하나가/느닷없이 꽃망울을"(「나태주」) 터뜨렸을 것이다. 이 모든 생명의 순간이 오탁번의 야사와 유사를 통해 기록을 얻은 것이다. 청마(靑馬)의 장례 때 김종길 선생이 들려준 "달빛을 베는 검객의 한 말씀!"(「시인의 사랑」) 역시 시인의 기억을 빌려 야사와 유사 한 자락에 고스란히 남을 것이다.

　이렇게 오탁번은 토박이말에 의한 문학적 정화(精華)를

통해 우리말을 최대한 풍요롭게 만들어간 시인이다. 표준어로는 불가능한 것을 살아있는 토착어로 표현함으로써 우리말의 무한한 가능성을 보여준 것이다. '까마귀도 내 땅 까마귀면 반갑다'는 속담처럼, 자신이 나고 자란 때와 곳의 말은 누구에게나 반갑기 그지없는 것이 아니겠는가. 오탁번은 스스로의 존재론적 기원(起源)을 상상하고 탈환하는 순간을 통해, 기층의 말과 사람에 대한 일관된 사랑을 우리에게 건넨다. 따라서 항구적 기억의 원리와 사랑의 시학으로 짜인 이번 시집은 시인에게는 오래고도 아름다운 '시의 집'이 되어줄 것이고 독자들에게는 서정시에 대한 순연한 열정의 실례를 경험하게끔 해줄 것이다. 독자들은 한 걸음 더 나아가, 쓸쓸하고 힘겨웠지만 그 시간을 오롯이 견디고 치유해온 시인의 아름다운 고백과 증언을 마음에 오래도록 담아둘 것이다.

4. 중얼중얼 혼잣말, 알짜 시

오탁번 시인은 섬세한 물리적 파상(波狀)에 자신의 궁극적 귀속처가 있음을 노래함으로써 작고 아름다운 서정적 순간을 포착하고 착상하고 형상화해왔다. 그것은 자신의 감정을 격정적으로 토로하지 않고 사물 스스로 말하게 하는 세련되고 깊이 있는 감각과 사유에서 가능한 것이었다. 그는 이러한 과정을 통해 사물의 본성 그대로를 살리는 데 힘을 기울이고 있지만, 결코 사물과 손쉽게 동화하지 않고 사물과 한결같이 거리를 유지하면서 그들의 속성을 형상적으로 추출하고 배열해간다. 다시 말해 자신의 경험을 직접 노출하려는 욕망을 경계하면서 사물이 가진 본래 속성을 자신의 실존 차원으로까지 끌어올리는 것이다. 이번 시집은 자신이 살아왔고 살아가야 할 삶의 심층을 유추하고 성찰하는 방법을 취하게끔 함으로써 이러한 원리를 적극적으로 실현한 결실이다. 낮은 목소리로 전해져오는 미적 전율이 참으로 미덥고 아름답다. 이제는 '시인 오탁번'의 유사에, 속살처럼, 아늑한 거소(居所)처럼, 가닿아 보자.

원주역에서 기차를 타고
1963년 겨울
청량리역에 내렸다

안암동까지
추운 길을 걸어갔다
그 길이
내 생애의 비알이고 벼랑이라는 것을
까맣게 모른 채

내가 걸어온 길은

기승전결 엉망인 쓰다가 만 소설

낙서 같은 시

눈물이 앞을 가려

(상투적 수사가 이럴 땐 딱!)

더는 얘기 못 하겠다

......

종종이나 찍어야지

—「종종이」 전문

　스물한 살 '청년 오탁번'은 1963년 겨울 원주역에서 청량리행 기차를 탔다. 청량리에서 안암동까지 걸었던 그 '길'이 "내 생애의 비알이고 벼랑"이라는 것을 그때는 몰랐다고 한다. '비알'은 '비탈'이니 그 아찔하고 가파른 비유를 새삼 일러 무엇 하겠는가. 적수(赤手)의 한 청년이 그 후로 걸어온 길은 "기승전결 엉망인 쓰다가 만 소설"이나 "낙서 같은 시"로 남았다지만, 그 안에는 실존의 고독과 고통이 눈물처럼 떠오르면서 끝내 '종종이'처럼 일견 적막으로 일견 침묵으로 각인되었을 것이다. 그렇게 이야기하지 않음으로써 큰 것을 이야기하는 역리(逆理)의 방식을 두고, 시인은 "눈으로 읽는 시보다/귀로 듣는 나무의 울음소리가/더 시답다"(『시집이 운다』)라고 비유했을 것이다. 그리고 그러한 '시'의 비유적 형상은 다음에서 더욱 확장된다.

수수밭 가에서 팔 휘저으며
새떼 쫓는 할아버지나
보행기 밀고 가다가
느티나무 그늘에 쉬는 할머니는
중얼중얼 혼잣말 잘도 하신다
그 말을 가만히 귀동냥해서 들으면
그게 바로 시다
그러나 문장으로 옮겨 적으려는 순간
는개처럼 흩어져 버린다

마른기침 사이로 쉬는 한숨에는
전 생애의 함성이 있고
캄캄한 우주를 무섭게 가로지르는
살별의 침묵도 있다
중얼중얼 혼잣말이여
아, 알짜 시여

—「혼잣말」 전문

'혼잣말'은 누군가에게 할 말을 스스로에게 건네는 자

170

기 확인의 언어이다. 수수밭 가에서 새떼를 쫓는 할아버지나 보행기 밀고 가다가 쉬는 할머니가 중얼중얼하시는 '혼잣말'은 시인의 비유를 통해 "그게 바로 시"로 새삼 등극한다. 그 '시'는 문장으로 옮겨 적으면 곧 사라져버리니 그저 혼잣말로 우주를 가득 채울 수밖에 없었을 것이다. 마른기침 사이로 쉬는 한숨에도 생애를 가득 채운 함성이 들어 있고 우주를 가로지르는 침묵도 잠겨 있지 않은가. 그 "알짜 시"야말로 그에게 "새싹 올라오는 마늘밭"(「위리안치」)처럼 신생하는 순간을 가져다준 것이 아니겠는가. 오탁번 시인의 중얼중얼 혼잣말이 우리 문학사에 짙은 밑줄을 긋는 순간이 아닐 수 없다.

콩을 심으며 논길 가는
노인의 머리 위로
백로 두어 마리
하늘 자락 시치며 날아간다

깐간오월
모내는 날
일손 놓은 노인의 발걸음
호젓하다

―「비백飛白」 전문

시집 표제작에서 시인은 자신의 '시쓰기'를 정점의 고백으로 들려준다, '비백'은 한자 서체의 하나로서 획마다 흰 자국이 나도록 쓰는 방법을 말한다고 한다. 다리를 절룩이며 느리게 걷는 노인 머리 위로 "백로 두어 마리"가 하늘 자락 시치며 날아갈 때, 시인의 시선에는 "깐깐오월/모내는 날"에 그 광경을 호젓하고 고즈넉하게 바라만 보는 노인의 발걸음이 들어온다. 그것이 가장 '시적인 것'이었기 때문일 것이다. "50년 전으로 돌아가/1970년대 나에게 팬레터 쓰고 싶다"(『독후감』)는 시인은 이처럼 여전히 젊고 아름다운 창신의 미학을 오늘도 개척해간다. "몹쓸 은유는 죄악"(『몹쓸』)임을 명심하면서 "비백飛白의 절명시絶命詩"(『절명시』)를 써가는 것이다.

이번 시집에 들어앉은 사물들은 화음(和音)으로 서로 어울리면서 가볍게 출렁인다. 그 출렁임은 격렬한 몸짓으로 이어지지 않고 사물과 사물 사이를 환하게 채우는 밝은 파동으로만 존재한다. 그 잔잔한 풍경에서 시인은 자기 영토를 확보한 사물들에게 새로운 이름을 주고, 그들끼리 소통하게 하며, 나아가 그들이 시인의 경험 속에 어떻게 깃들이게 되었는가를 표현한다. 이때 사물들은 외따로 떨어져 있는 개체들이 아니라 서로 긴밀하고 촘촘한 연관성을 가지는 유기적 전체를 이루게 된다. 그래서 시인이 상상적으로 구성하는 사물의 관계는 합리적 인과율이 아니라 시인의 경험적 시선에 의해 결속되고 있는 것이다. 그 시선이 지극한 고요함으로 사유하는 '시'와 '시인'의 길을 여기까지 이끌어온 것이다.

5. 뒤를 돌아보면서도 앞을 예시하는 역설의 시학

다시 강조하지만, 토착어(vernacular)는 중앙 집권적 공식 언어가 아니라 각 지역에서 현재형으로 쓰이고 있는 말을 의미한다. 그것은 지역어라는 의미 외에도 살아있는 언어의 원형을 뜻하기도 한다. 표준어와 토착어의 공존을 통해 우리는 언어군(群)의 다양한 수평적 공존이 얼마나 중요한지를 알게 된다. 오탁번의 시는 이처럼 다양한 언어적 형질을 통해 '마음의 고고학'을 일관되게 보여준 미학적 결실로 우뚝하다. 지금까지 우리는 시인이 기억 속에 담아놓은 유년과 고향 그리고 잃어버린 순수와 그것을 시적으로 탈환하는 과정에 흔연히 동참해온 것이다.

그의 이번 시집은 천진성의 시학과 비근대 시법에 의해 발원된 것으로서 그야말로 순은(純銀)이 빛나는 아침으로부터 뉘엿하게 기울어가는 해거름까지 지내온 순수 회귀의 미학을 미덥게 펼쳐간 사례로 남을 것이다. 때로 '방울–울타리'의 고요함으로, 때로 '창-수레'의 역동성으로, 천천히 낡아가거나 사라져가는 것들을 온 정성으로 기록해가는 '시간의 필경사'로서, 오탁번 시인은 뒤를 돌아보면서도 앞을 예시하는 역설의 시학을 한없이 지속해갈 것이다. 그리고 우리에게 말과 마음의 고고학을 하염없이 들려줄 것이다. 앞으로도 그 세계가 참으로 아늑하고 아득하게 펼쳐가기를, 마음 깊이 희원해본다.

비백 飛白

오탁번 시집

발행일
2022년 4월 20일   초판 1쇄
2022년 9월 20일   2쇄

지은이	●	오탁번
펴낸이	●	김종해
펴낸곳	●	문학세계사
출판등록	●	1979. 5. 16. 제21-108호

주소	●	서울시 마포구 신수로 59-1(04087)
대표전화	●	02-702-1800
팩스	●	02-702-0084
이메일	●	mail@msp21.co.kr
홈페이지	●	www.msp21.co.kr
페이스북	●	www.facebook.com/munsebooks

값 10,000원
ⓒ 오탁번, 2022
ISBN 978-89-7075-541-0   03810